श्रोडिंगरको बिरालो
कविताको क्वान्टम संसार

Translated to Nepali from the English version of
Schrödinger's Cat

Devajit Bhuyan

Ukiyoto Publishing

सबै विश्वव्यापी प्रकाशन अधिकारहरू

Ukiyoto Publishing

मा प्रकाशित 2023

सामगरी परितिलिप अधिकार © Devajit Bhuyan

ISBN 9789360166175

सर्वाधिकार सुरक्षित ।

यस प्रकाशनको कुनैपनि भाग प्रकाशकको पूर्व अनुमति बिना कुनैपनि माध्यम, इलेक्ट्रोनिक, मेकानिकल, फोटोकपी, रेकर्डिor वा अन्यथा कुनैपनि रूपमा पुनः उत्पादन, प्रसारित वा पुनःप्राप्ति प्रणालीमा भण्डारण गर्न सकिदैन ।

लेखकको नैतिक अधिकारहरू दावी गरिएको छ ।

यो पुस्तक यस शर्तको अधीनमा बेचिएको छ कि यो व्यापारको माध्यमबाट वा अन्यथा, प्रकाशकको पूर्व सहमति बिना, कुनै पनि प्रकारको बाध्यकारी वा कभरमा प्रकाशित नभएसम्म उधारो, पुनः बेच्ने, भाडामा लिने वा अन्यथा प्रसारित गरिने छैन ।

www.ukiyoto.com

क्वान्टम फिजिक्सका तीन मस्कटियरहरू इरविन श्रोडिंगर, म्याक्स प्लान्क, र वार्नर हाइजेनबर्गलाई समर्पित

सामग्रीहरू

एन्ट्रोपीले मार्नेछ	2
पदार्थ ऊर्जा द्वैधता	3
समानान्तर युनिभर्स	4
पर्यवेक्षकको महत्त्व	5
आर्टिफिसियल इन्टेलिजेन्स	6
समयको आयाम तोड्नु हुँदैन	7
एक पटकमा एक पटक	8
परमेश्वर समीकरण	9
दार्शनिक बहसहरू	10
म अगाडि बढिरहेको छु	11
भगवान र भौतिक विज्ञानको खेल	12
एक पटक त्यहाँ टेलेक्स भनिने मेसिन थियो	13
मेरो मन	14
यदि मल्टिभर्स साँचो हो भने	15
घर्षण	16
हामीलाई के थाहा छ भने केही पनि छैन	17
सत्यका असल दिनहरू आउँदैछन्	18
भिन्नता र एकीकरण	19
भोकमरीमा चील	20

जब हामी बूढो हुन्छौं	21
मानव निर्मित विभाजन बिर्सनुहोस्	22
क्लाउड कम्प्युटिङले उसलाई अदृश्य बनायो	23
हामी भर्चुअल छौं	24
जीवनको चेतना	25
बिरालो जीवित बाहिर आयो	26
ठूलो बाधा	27
जीवन गुलाबको ओछ्यान होइन, तर त्यहाँ घाम छ	28
सर्वोच्च जनावर	29
हे" वैज्ञानिकहरू, प्रिय वैज्ञानिकहरू	30
मानव भावना र क्वान्टम भौतिकी	31
मौलिकता र चेतनामा के हुनेछ?	32
जब ब्रह्माण्डको विस्तार समाप्त हुन्छ	33
पुनः इन्जिनियरिङ	34
हिग्स बोसन, द गड पार्टिकल	35
बूढो मानिस र क्वान्टम उलझन	36
मानिसहरूले के गर्नेछन्?	37
अन्तरिक्ष - समय	38
अस्थिर ब्रह्माण्ड	39
सापेक्षता	40
समय के हो	41

ठूलो सोच्ने	42
प्रकृतिले यसको आफ्नै विकास प्रक्रियाको लागि भुक्तान गरेको मूल्य	43
पृथ्वी दिवस	44
विश्व पुस्तक दिवस	45
सङ्क्रमणमा हामी खुशी बनौं	46
पर्यवेक्षक महत्त्वपूर्ण छ	47
पर्याप्त समय	48
एक्लोपना सधैं खराब हुँदैन	49
म बनाम आर्टिफिसियल इन्टेलिजेन्स	50
नैतिक प्रश्न	51
मलाई थाहा छैन	52
मलाई थाहा छ, म चूहोंको दौडमा सर्वश्रेष्ठ थिएँ	53
तपाईंको भविष्य सिर्जना गर्नुहोस्	54
उपेक्षित आयामहरू	55
हामीलाई याद छ	56
नि:शुल्क इच्छा	57
भोलि एउटा आशा मात्र हो	58
घटनाको क्षितिजमा जन्म र मृत्यु	59
अन्तिम खेल	60
समय, रहस्यमय भ्रम	61
परमेश्वरले स्वेच्छाको प्रतिरोध गर्नुहुन्न	62

राम्रो र नराम्रो	63
मानिसहरूले थोरै कोटीहरू मात्र प्रशंसा गर्छन्	65
राम्रो भोलिका लागि प्रविधि	66
कृत्रिम र प्राकृतिक बुद्धिमत्ताको फ्युजन	67
अर्कै ग्रहमा	68
विनाशकारी प्रवृत्ति	69
मोटा मानिसहरू जवान भएर मर्छन्	70
मल्टिटास्किङ उपचार होइन	71
अमर मानिस	72
अनौठो आयाम	73
जीवन निरन्तर संघर्ष हो	74
उच्च र उच्च उडान गर्नुहोस्, वास्तविकता महसुस गर्नुहोस्	75
जीवनमा सामना गर्न	76
के हामी परमाणुहरूको थुप्रो मात्र हौं?	77
समय अस्तित्व बिनाको क्षय वा प्रगति हो	78
फिरऊनका	79
एक्लो ग्रह	80
हामीलाई युद्ध किन आवश्यक छ?	81
स्थायी विश्व शान्ति त्याग्नुहोस्	82
छुटेको लिङ्क	83
परमेश्वर समीकरण पर्याप्त छैन	84

महिलाको समानता	85
अनन्त	86
मिल्की वे भन्दा बाहिर	87
सान्त्वना पुरस्कारको साथ खुशी हुनुहोस् र अगाडि बढ्नुहोस्	88
COVID19 बकसुआ गर्न असफल भयो	89
मानसिकता कमजोर नहुनुहोस्	90
ठूलो सोच्नुहोस् र यो गर्नुहोस्	91
मस्तिष्क एक्लै पर्याप्त छैन	92
गणना र गणित	93
स्मृति पर्याप्त छैन	94
तपाईंले धेरै दिनुहुन्छ, तपाईंले धेरै पाउनुहुन्छ	95
जान दिनुहोस् र बिर्सनु पनि उत्तिकै महत्त्वपूर्ण छ	96
क्वान्टम सम्भावना	97
इलेक्ट्रोन	98
न्युट्रिनो	99
परमेश्वर खराब प्रबन्धक हुनुहुन्छ	100
भौतिकशास्त्र इन्जिनियरिङका पिता हुन्	101
अणुहरूको मानिसहरूको ज्ञान	102
अस्थिर इलेक्ट्रोन	103
मौलिक शक्तिहरू	104
होमो सेपियन्सको उद्देश्य	105

लिङ्ग छुट्नु अघि	106
आदम र हव्वा	107
काल्पनिक संख्याहरू कठिन छन्	108
उल्टो गणना	109
सबैले शून्यबाट सुरु गर्छन्	110
नैतिक प्रश्नहरू	111
सबै - पाप - तन - कोस	112
आगोको शक्ति	114
रात र दिन	115
स्वतन्त्र इच्छाशक्ति र अन्तिम परिणाम	116
क्वान्टम सम्भावना	117
मृत्युदर र अमरत्व	118
क्रसरोडको पागल केटी	119
परमाणु बनाम अणुहरू	120
नयाँ संकल्प गरौं	121
फर्मि - डिरक तथ्याङ्क	122
अमानवीय मानसिकता	123
व्यापार प्रक्रिया	124
शान्तिमा आराम गर्नुहोस् (RIP)	125
आत्माहरू वास्तविक हुन् वा कल्पना?	126
के सबै आत्माहरू एउटै प्याकेजको भाग हुन्?	127

नाभिक	128
भौतिकशास्त्रभन्दा बाहिर	129
विज्ञान र धर्म	130
धर्म र बहुविध	131
विज्ञान र बहुविश्वको भविष्य	132
मह	133
उस्तै नतिजा	134
केही र केही पनि छैन	135
कविता उत्तम तरिकाले	136
तपाईंको कपाल खैरो पार्ने	137
अस्थिर मानव	138
कविता भौतिक विज्ञान जस्तै सरल होस्	139
म्याक्स प्लान्क द ग्रेट	140
पर्यवेक्षकको महत्त्व	141
हामीलाई थाहा छैन	143
के देखा परिरहेको छ	144
ईथर	145
स्वतन्त्रता पूर्ण छैन	146
जबरजस्ती विकास, के हुनेछ?	147
जवान हुनुहोस्	149
निर्धारिता, अनियमितता र स्वतन्त्र इच्छा	151

समस्याहरू	152
जीवनलाई साना कणहरू चाहिन्छ	154
पीडा र आनन्द	155
भौतिकशास्त्रको सिद्धान्त	156
जे पनि भएको छ	157
भावनाहरू किन सममित छन्?	158
गहिरो अन्धकारमा पनि हामी अगाडि बढ्छौं	160
अस्तित्वको खेल	161
प्राकृतिक चयन र विकास	163
भौतिकशास्त्र र डीएनए कोड	164
वास्तविकता के हो?	166
विरोधी शक्तिहरू	168
समयको मापन	169
प्रतिलिपि नगर्नुहोस्, आफ्नै थीसिस पेश गर्नुहोस्	171
जीवनको उद्देश्य मोनोलिथ होइन	173
के रूखहरूको कुनै उद्देश्य छ?	175
पुरानो सुन रहनेछ	177
भविष्यको लागि चुनौती	179
सौन्दर्य र सापेक्षता	181
गतिशील सन्तुलन	182
मलाई कसैले रोक्न सक्दैन	183

मैले कहिल्यै सिद्धताको प्रयास गरिनँ, तर सुधार गर्ने प्रयास गरें	184
शिक्षक	185
भ्रमपूर्ण सिद्धता	186
आफ्नो मुख्य मानहरूमा अडिग रहनुहोस्	187
मृत्युको आविष्कार	188
आत्मविश्वास	189
हामी अशिष्ट रहौं	190
हामी किन अराजक बन्दैछौं?	191
बाँच्ने कि नबस्ने?	193
ठूलो चित्र	194
तपाईंको क्षितिज विस्तार गर्नुहोस्	195
मलाई थाहा छ ।	197
उद्देश्य र कारणको खोजी नगर्नुहोस्	198
प्रकृतिलाई माया गर्नुहोस्	199
जन्ममुक्त	200
हाम्रो जीवन अवधि सधैं राम्रो हुन्छ	202
मलाई माफ गर्नुहोस्	203
चाँडै सुत्ने र चाँडै उठ्ने	204
जीवन सरल भएको छ	205
वेभ प्रकार्यको भिजुअलाइजेशन	206
आठ अर्ब	208

म	209
सान्त्वना मादक छ	210
स्वतन्त्र इच्छा र उद्देश्य	211
दुई प्रकारहरू	212
वैज्ञानिकहरूको प्रशंसा गरौं	213
पानी र अक्सिजनभन्दा परको जीवन	214
पानी र जमिन	216
भौतिकशास्त्रमा हार्मोनिक्स छ	217
प्रकृतिको डोमेनमा विज्ञान	219
विकसित परिकल्पना र नियमहरू	220
लेखकको बारेमा	222

श्रोडिंगरको बिरालो

हामी ठाउँ, समय, पदार्थ र ऊर्जाले घेरिएको कालो बाकस भित्र छौं
अन्तरिक्ष र समयको क्षेत्रमा हामी सिनर्जीको लागि रूपान्तरण गर्न व्यस्त छौं
साथै, हामी शरीरको बोसोको संचयको माध्यमबाट ऊर्जालाई पदार्थमा रूपान्तरण गर्छौं
तर ब्ल्याक बक्सको सीमा भित्र हाम्रो जीवन समाप्त हुन्छ र सबै कुरा
यस अनन्त आकाशगंगाहरूमा कालो बाकस बाहिर के छ कसैलाई थाहा छैन
भौतिक प्रमाणिकरणको लागि कुनै प्रविधि छैन, ब्रह्माण्डको किनारमा के छ
कालो बाकस बाहिरको गोप्यता, अज्ञात शक्तिले
हामी श्रोडिंगरको बिरालोलाई बाकसबाट बाहिर ल्याउन सक्छौं
त्यसो भए पनि, विरोधाभासबाट बाहिर जान सजिलो र सरल हुनेछैन
जीवनको अन्तिम सत्य जान्नको लागि, मानवले सधैं समस्याको सामना गर्नेछ ।

एन्ट्रोपीले मार्नेछ

ब्रह्माण्डको एन्ट्रोपी दिन प्रतिदिन बढ्दैछ, म यसलाई महसुस गर्न सक्छु

तर हामीसँग ढिलो गर्ने कुनै मेसिन वा विधि छैन

न त हामीसँग ब्लो - डाउनको लागि मेशिन आविष्कार गर्ने भौतिकशास्त्रको कुनै नियम छ

सत्य जान्नु मात्र पर्याप्त छैन, हामीलाई समाधान चाहिन्छ

हरेक दिन हाम्रो अगाडि अवांछनीय विनाश भइरहेको छ

इन्ट्रोपी बढाउन, प्रत्येक महिना मानव जनसंख्या बढ्दो छ

इन्ट्रोपीको अपरिवर्तनीय प्रक्रिया चाँडै अधिकतम हुन सक्छ

मानवजाति र सर्वोच्च जनावर, चन्द्रमामा पलायन हुन बाध्य हुनेछन्

पुराना पुस्ताहरूमा हाँसो नउठाउनुहोस्, प्लास्टिक बिना पर्याप्त स्मार्ट नहुनुहोस्

कम्तिमा, बढ्दो इन्ट्रोपीको घटना, देहाती थिएन ।

पदार्थ ऊर्जा द्वैधता

पदार्थ र ऊर्जा द्वन्द्व धेरै सरल छन्
हरेक क्षण अरबौं ताराहरूले यो गरिरहेका छन्
आकाशगंगाहरू पदार्थको रूपमा अस्तित्वमा आउँछन्
र आकाशगंगाहरूको पदार्थ ऊर्जाको रूपमा हराउँछ
तर सबै पदार्थ र ऊर्जाको योग शून्य छ
बीचमा, एन्टिमाटर र गाढा ऊर्जा अज्ञात नायक हुन्
हरेक क्षण हामी पदार्थ र ऊर्जासँग खेलिरहेका हुन्छौं
तर अझै पनि एक सरल प्रविधिको आविष्कारबाट टाढा छ
समय र स्थानको क्षेत्रमा हाम्रो अस्तित्व सीमित छ
जुन दिन हामी पदार्थ र ऊर्जालाई रूपान्तरण गर्न सरल प्रविधि सिक्छौं
समय र ठाउँको बाधाहरू अनन्तको रूपमा रहनेछैनन्
परमेश्वर बिरालोको साथ श्रोडिंगरको बाकस भित्र हुनुहुनेछ
ब्रह्माण्डमा कृत्रिम बुद्धिमान रोबोटहरूद्वारा शासन गर्न सकिन्छ, जसलाई फ्लाइङ ब्याट भनिन्छ ।

समानान्तर युनिभर्स

धर्मले युगौंदेखि समानान्तर ब्रह्माण्डको अस्तित्वको बारेमा भने

भौतिकशास्त्र र वैज्ञानिक समुदायले यसलाई काल्पनिक र अज्ञानता भने

भौतिक विज्ञान गहिरो हुँदै जाँदा र धेरै प्राकृतिक घटनाहरूको व्याख्या गर्न असमर्थ हुँदा

अब, तिनीहरू भनिरहेका छन् कि ती व्याख्या गर्न, समानान्तर ब्रह्माण्ड एक व्याख्या हो

तर हजार वर्ष पुरानो विचारहरूलाई वैज्ञानिकहरूले मान्यता दिँदैनन्

कण भौतिकी, उप - परमाणु भौतिकी आफैमा एक दार्शनिक विचार हो

वैज्ञानिक प्रयोगद्वारा पुष्टि गरिएको, दशकौं बितिसकेपछि मात्र

तैपनि, समान दर्शन विभिन्न भाषा ढाँचामा वर्णन गरिएको छ, तिनीहरूले अस्वीकार गर्छन्

यो वैज्ञानिक समुदायको ब्ल्याक बक्स थिंकिंग सिन्ड्रोम हो

"हामीलाई थाहा नभएको कुरा ज्ञान होइन" विज्ञानमा स्वीकार्य छैन

एक पटक समानान्तर ब्रह्माण्ड, यदि प्रमाणित भएमा, न्यायको लागि, तिनीहरूले मौनता कायम राख्नेछन् ।

पर्यवेक्षकको महत्त्व

जब हामी समय क्षितिजमा श्रोडिंगरको बाकस खोल्छौं

बाकस भित्रको बिरालो जीवित वा मरेको हुन सक्छ र यो सम्भावनाको कुरा हो

बाहिरबाट कुनै पनि पर्यवेक्षकले यसलाई आत्मविश्वासका साथ भविष्यवाणी गर्न र पुष्टि गर्न सक्दैन

तर जब हामी अवलोकन गर्छौं परिस्थिति फरक हुने सम्भावना हुन्छ

त्यसकारण, घटनाको क्षितिजको लागि, पर्यवेक्षक महत्त्वपूर्ण छ

डबल स्लिट प्रयोगमा, कणहरू अवलोकन गर्दा फरक व्यवहार गर्छन्

यो कणहरूलाई किन उलझाउँछ, यस सम्बन्धमा कुनै स्पष्टीकरण छैन

उलझिएका कणहरू बीचको जानकारी प्रकाश भन्दा छिटो चल्छ

त्यसोभए, भविष्यमा, एक्सोप्लानेट र एलियनहरूसँगको सञ्चार उज्यालो छ ।

आर्टिफिसियल इन्टेलिजेन्स

मुटु जस्तो कुनै पम्प छैन, नरिवलको रूखको माथि पानी पम्प गर्न आवश्यक छ

मेशिनहरूले मौरी जस्ता राईका फूलहरूबाट मह सङ्कलन गर्न सक्दैनन्

एउटै माटोबाट बोटबिरुवाले मीठो, खट्टा र तीतो चीज बनाउन सक्छ

कृत्रिम बुद्धिमत्ताको लागि, यो प्रकृतिको औंठीमा खेल्नु फरक खेल हुनेछ

यदि सबै कुरा आर्टिफिसियल इन्टेलिजेन्स र सौर्य ऊर्जाको साथ रोबोटहरूद्वारा गरिन्छ भने

मानिसहरूको लागि सदाको लागि ग्रह पृथ्वीमा बस्ने कुनै उद्देश्य वा कारण छैन

यो मानवको लागि अन्य ग्रहहरू र आकाशगंगाहरूमा यात्रा गर्ने सही समय हो

हामीले अमर शरीरका लागि नयाँ आनुवंशिक कोडहरूमा हस्ताक्षर गर्ने प्रयास गर्नुपर्छ

म बुद्धिमान कम्प्युटर अन्तर्गत अनिश्चित कालसम्म बाँच्न इच्छुक छैन

मलाई आज स्वतन्त्र सोचका साथ मर्न दिनुहोस्, समयले सम्झिन नसके पनि ।

समयको आयाम तोड्नु हुँदैन

अनन्त ब्रह्माण्डमा प्रकाशको गति धेरै ढिलो छ

यो ग्रहहरूको व्यक्तित्वको सुरक्षाको लागि सुरक्षा सावधानी हुन सक्छ

ताकि परदेशीहरू र मानिसहरूले बारम्बार युद्धमा संलग्न हुन नपरोस्

अन्य सभ्यताहरू अरबौं प्रकाश वर्ष टाढा ताराहरूमा फस्टाउन सक्छन्

प्रकाश भन्दा छिटो यात्रा गर्नु होमो सेपियन्सको भविष्यको लागि राम्रो नहुन सक्छ

हामी नतिजा नबुझी गति को सुरक्षा भल्भ तोड्दैनौं

समयको आयाममा सुरुङ सभ्यताको उल्टो हुनेछ

कोभिड १९ खोपले पनि भाइरसको सामना गर्ने गर्दथ्यो, अब यसले स्वास्थ्यमा खराबी ल्याउँछ

स्वस्थ जवान मानिस हाम्रो बगालबाट बिना कारण मर्दैछ

आधा ज्ञान अज्ञानता वा कुनै ज्ञान भन्दा पनि खराब छ

प्रकाशको गतिको उल्लङ्घन, र समयमै सुरुङको साथ, होमो सेपियन्स खस्न सक्छ ।

एक पटकमा एक पटक

एक पटक, मानिसहरूले सोच्छन् कि सूर्य सूर्यको वरिपरि घुम्छ
यो साँझमा समुद्रमा डुब्छ र बिहान फेरि बाहिर आउँछ
सूर्यलाई बाहिर आउन हरेक बिहान परमेश्वरबाट अनुमति चाहिन्छ
कति अज्ञानी र अवैज्ञानिक, ती आदिम दिनका मानिसहरू
लाखौं वर्षसम्म मानिसहरूलाई आणविक बम बनाउन थाहा थिएन
यो राम्रो छ कि तिनीहरूले पिरामिड, स्मारकहरू र ठूला चिहानहरू बनाए
अन्यथा, हामी आधुनिक सभ्यताको समयमा पुग्ने थिएनौं
मध्ययुगीन युगमा मानव सभ्यता बिर्सिने थियो
एक पटक हामीलाई ईथर (ईथर) को बारेमा सिकाइएको थियो जसको माध्यमबाट प्रकाशको प्रसार हुन्छ
अब वैज्ञानिकहरू सोच्छन्, ती तथाकथित भौतिकशास्त्रीहरू धेरै खोक्रो थिए
आज कसैलाई पनि ठूलो धमाका, स्थिर - राज्य, बहु पद वा स्ट्रिंग सिद्धान्त थाहा छैन, जुन सही हो
तर स्थिर - राज्य सिद्धान्तको साथ, ब्रह्माण्डको कुनै सुरुवात वा अन्त्य छैन, धर्महरू तंग छन्
ग्रहहरू, ताराहरू र आकाशगंगाहरू मानिस जस्तै जन्मिन्छन् र मर्छन्
मानिसको लागि, समयको मात्रा र विभिन्न आयामहरू, अर्को कुरा हो ।

परमेश्वर समीकरण

के हामी अन्य जीवित र निर्जीव पदार्थ जस्तै परमाणुहरूको ढेर मात्र हौं?

वा मानव शरीरमा परमाणुहरूको संयोजन अरू भन्दा पूर्ण रूपमा फरक छ

विभिन्न परमाणुहरूको संयोजनले मात्र चेतना जगाउन सक्दैन

मानिससँग, आर्टिफिसियल इन्टेलिजेन्स भएको रोबोट र कम्प्युटरमा फरक छ

एक पटक हामीलाई भनियो कि परमाणुहरू अस्तित्वमा रहेका सबैभन्दा साना कणहरू हुन्

धनात्मक प्रोटोन, तटस्थ न्यूट्रन र ऋणात्मक इलेक्ट्रोन आधारभूत कुरा हुन्

अब जब हामी गहिरो र गहिरो जान्छौं, हामी जान्दछौं कि यो सत्य होइन

आधारभूत कणहरू फोटोन, बोसोन वा तारहरूको कम्पन मात्र हुन सक्छ

केही वैज्ञानिकहरू भनिरहेका छन् कि यो जानकारी मात्र हुन सक्छ

यसले विभिन्न प्रतिनिधित्व दिन कोड अनुसार संयोजन गर्दछ

तर चेतना र यसको उत्पत्तिको सम्बन्धमा हामीसँग कुनै समाधान छैन

हामी त्यसबाट बनेको स्याउ र दाखमद्य खाएर खुशी बनौं

जबसम्म वैज्ञानिकहरूले परमेश्वरको समीकरण फेला पार्दैनन्, जहाँ सबै कुरा मिल्नेछ ।

दार्शनिक बहसहरू

दार्शनिक बहस, अण्डा पहिले आयो, वा चरा पहिले आयो
दुवै पक्षको तर्क समान रूपमा बलियो र बलियो छ
पदार्थ र ऊर्जाको मामलामा, त्यस्तो कुनै बहस छैन
ऊर्जाबाट, ब्रह्माण्ड वास्तविक तथ्य हो
ऊर्जा न त सिर्जना गर्न सकिन्छ न त नष्ट गर्न सकिन्छ पुरानो प्रतिमान हो
ऊर्जा - पदार्थ द्वन्द्वको अवधारणा धेरै पहिले आइन्स्टाइनले भनेका थिए
कणहरूको पदार्थ र तरंग प्रकृति पनि प्रकट हुन्छ
धेरै मौलिक वा प्राथमिक कणहरूको साथ अस्तित्व छ
ब्रह्माण्डको विचारको अन्तिम निर्माण ब्लकको सन्दर्भमा सँधै फरक हुन्छ
श्रोडिंगरको बिरालो जस्तै सर्वशक्तिमान पिंजरा बनाउन असम्भव छ
जबसम्म हामी बिरालोलाई पिंजडामा राख्दैनौं, हामी खान्छौं, मुस्कुराउँछौं, प्रेम गरौं, र राम्रो मृत्युको लागि हिंडौं ।

म अगाडि बढिरहेको छु

ब्रह्माण्डको विस्तार रोकिँदैछ
म पनि आफ्नो यात्रामा अगाडि बढिरहेको छु
कहिले घाम, कहिले वर्षा
कहिले गर्जन र कहिले आँधीबेहरी
तर म कहिल्यै रोकिएको छैन, अगाडि बढिरहेको छु;
यात्रा सधैं सहज र सजिलो थिएन
मेरो औंलामा टाँसिएका काँडाहरू, मैले आफैलाई हटाएँ
जहाँ नदी पार गर्न पुल थिएन
मैले मेरो आफ्नै डुङ्गा बनाएर पार गरें
तर म कहिल्यै रोकिनँ, अगाडि बढिनँ;
कहिलेकाँही अँध्यारो रातमा, मैले मेरो दिशा गुमाएँ
तैपनि, फायरफ्लाइजले अगाडि बढ्ने बाटो देखायो
चिप्लो सडकमा, म धेरै पटक खसेको थिएँ
चाँडै म खडा हुन्छु र आँखा चिम्लने ताराहरू हेर्छु
तर म कहिल्यै रोकेन, तर अगाडि बढें;
मैले कभर गरेको दूरी नाप्ने प्रयास कहिल्यै गरेन
नाफा र नोक्सानको गणना नगरी, सँधै अगाडि बढ्यो
दर्शकहरूबाट प्रोत्साहनको लागि कुनै अपेक्षा छैन
रोकिएका मानिसहरूसँग कहिल्यै समय बर्बाद नगर्नुहोस्, गल्तीहरू गर्दै
धेरै पहिले, मैले महसुस गरें, जीवनमा कुनै पनि कुरा स्थायी हुँदैन, यात्रा इनाम हो ।

भगवान र भौतिक विज्ञानको खेल

गुरुत्वाकर्षण, विद्युत चुम्बकत्व, बलियो र कमजोर आणविक शक्तिहरू आधारभूत छन्
यही कारण हो, किन ब्रह्माण्ड गतिशील छ र स्थिर वा स्थिर छैन
यी चार आयामहरूमा पदार्थ, ऊर्जा, ठाउँ, र समय, सृष्टिकर्ताले खेल्छन्
त्यहाँ पत्ता नलागेका आयामहरू पनि छन्, वैज्ञानिकहरू अब भन्छन्
गाढा ऊर्जा र व्यवहारको अस्तित्वको कारण अझै अज्ञात छ
यद्यपि मानव मस्तिष्क समान छन्, प्रत्येक फरक चेतना
ब्रह्माण्ड र परमेश्वरको अस्तित्वको लागि, चेतना महत्त्वपूर्ण छ
क्वान्टम उलझनले अधिकतम गति सीमा पछ्याउँदैन
समय यात्रा र अन्य आकाशगंगाहरूमा यात्रा, उलझन अनुमति
जसरी हामी गहिरो र गहिरो जान्छौं अधिक र अधिक प्रश्नहरू आउनेछन्
भौतिकशास्त्र र परमेश्वर बीचको नाटक साँच्चै रमाइलो र रमाइलो छ ।

एक पटक त्यहाँ टेलेक्स भनिने मेसिन थियो

एक दिन नयाँ पुस्तालाई शंका हुनेछ, त्यहाँ टेलिफोन कलको लागि PCO थियो

टेलेक्स र फ्याक्स मेसिन, यद्यपि हामीले प्रयोग गरेका छौं, अब हामी छक्क परेका छौं

कुनै सूचना बिना नै इन्टरनेट क्याफे हाम्रो आँखाको अगाडि मर्यो

तर कफी क्याफे अगाडि भीख माग्ने गरिब मानिस अझै पनि छ

क्यासेट र सीडी प्लेयरका ठूला ध्वनि बाकसहरू अब घरमै छोडिएका छन्

तर ध्वनि बाकस र सार्वजनिक ठेगाना प्रणालीले समय सामना गर्छ

यद्यपि, सञ्चार, इन्टरनेट, सामाजिक मिडियाको लागि

टेक्नोलोजी सधैं राम्रो भोलिको लागि र जीवन् सुधार गर्नको लागि हो

तर यसले पति र पत्नी बीचको सम्बन्धविच्छेदको संख्या कम गर्न सक्दैन

आधुनिक सभ्यताको शिखरमा पनि, गरिबी र भोकमरी अवस्थित छ

धेरै देशहरूमा, धेरै मानिसहरूको मानसिकता तर्कहीन र जातिवादी छ

भौतिकशास्त्र र प्रविधिसँग कुनै जवाफ छैन, युद्ध र अपराध कसरी रोक्ने

शान्त संसारको लागि प्रविधि विकास गर्नु र भाइचारा सुधार गर्नु प्रमुख कुरा हो ।

मेरो मन

मेरो दिमागले मलाई कहिल्यै ईर्ष्या गर्न दिएन
मेरो दिमागले मलाई कहिल्यै निष्ठुरी हुन दिएन
रिस र घृणा मेरो चियाको कप होइन
म समुद्रको नजिक एकान्तमा बस्नु राम्रो हुन्छ
शान्ति र शान्ति म सधैं मन पराउँछु
झगडाको सट्टा, भाइचारा राम्रो छ
हिंसाबाट, म सधैं टाढा रहने प्रयास गर्छु
सत्यता र इमानदारीको लागि, म भुक्तानी गर्न तयार छु
भ्रष्ट मानिसहरू, म खाडीमा बस्ने प्रयास गर्छु
म धेरै चिन्ता र तनाव भोग्छु
वातावरण संरक्षण गर्न, मसँग कुनै समाधान छैन
युद्ध र प्रदूषणले मलाई डिप्रेसन दिन्छ
मानवजातिको मानसिक स्वास्थ्य गिरावटमा छ ।

यदि मल्टिभर्स साँचो हो भने

यदि बहुविध र समानान्तर ब्रह्माण्डको सिद्धान्त सत्य छ भने
त्यसोभए पृथ्वीमा मानवको अस्तित्वको लागि त्यहाँ एक सुराग छ
सबैभन्दा उन्नत सभ्यताले पृथ्वीलाई जेलको रूपमा प्रयोग गरेको हुन सक्छ
मानिस सबैभन्दा क्रूर जनावर हो, यही कारण हुन सक्छ
असल सभ्यताका खराब तत्वहरू संसारमा ल्याइयो
उन्नत सभ्यताले त्यसपछि खराब र खराब तहबाट छुटकारा पायो
मानिसहरूलाई बाँदरहरूसँग जङ्गलमा पृथ्वीमा छोडिएको थियो
कुनै उपकरण वा सम्झौता बिना खराब मानिसहरूले फेरि जीवन सुरु गरे
पहिलो पुस्ताको मृत्यु पछि, त्यहाँ पुरानो जानकारीको बिच्छेद हुन्छ
संसारका नवजात शिशुहरूले आफ्नो जीवन समस्याको नयाँ सुरुवात गर्नुपर्छ
यद्यपि सभ्यता धेरै अघि बढ्यो र
खराब मानिस र अपराधीहरूको डीएनए संग, मानव समाज अझै पनि सडेको छ
उन्नत सभ्यताले मानवलाई तिनीहरूसम्म पुग्न कहिल्यै दिनेछैन
उनीहरूलाई थाहा छ, पुराना पुर्खाहरूको खराब डीएनएले फेरि तिनीहरूको शिरलाई नष्ट गर्ने प्रयास गर्नेछ ।

घर्षण

धेरै थोरैलाई थाहा छ कि घर्षणको गुणांक मेउ हो
घर्षण बिना, यस ग्रहमा, जीवन नवीकरण गर्न सक्दैन
जीवनको सृष्टि पुरुष र महिला अङ्गहरूको घर्षणबाट सुरु हुन्छ
घर्षण मार्फत नवजात शिशुहरू रोइरहेका नाराहरू लिएर आउँछन्
घर्षण बिना, आगोले यसको ज्वाला देखाउन सकेन
आगोले सम्पूर्ण मानव सभ्यताको खेललाई परिवर्तन गर्‍यो
घर्षण बल बिना पाङ्ग्रा अगाडि बढ्न सक्दैन
तपाईंको द्रुत गतिमा चल्ने सवारीलाई रोक्नको लागि, घर्षण मुख्य स्रोत हो
यदि त्यहाँ कुनै घर्षण छैन भने, तपाईंको जम्बो जेट रनवेमा रोकिने छैन
शहरहरू बमबारी गर्न लडाकू विमानहरू लिनुहोस् टाढा हुनेछ
मनको घर्षणले धेरै महाकाव्यहरू सिर्जना गर्दछ
गुरुत्वाकर्षण जस्तै, घर्षण पनि एक प्राकृतिक शक्ति हो
अहंकारको घर्षण खतरनाक छ र ठूलो युद्ध निम्त्याउँछ
यसले मानव सभ्यतालाई ठूलो खतरातर्फ लैजान सक्छ
घर्षण राम्रो र खराब छ, यसको प्रयोगको आधारमा
घर्षण बिना, ग्रहमा जीवन लोप हुनेछ, पृथ्वी कसैले प्रयोग गर्न सक्दैन ।

हामीलाई के थाहा छ भने केही पनि छैन

भौतिकशास्त्रलाई के थाहा त्यो हिमशृङ्खलाको टुप्पा मात्र हो
भौतिकशास्त्रलाई के थाहा छैन त्यो वास्तविक भौतिकशास्त्र हो
गाढा ऊर्जा र गाढा पदार्थ, वास्तविक गतिशीलता नियन्त्रण गर्नुहोस्
हामीलाई पदार्थ, ऊर्जा र समयको बारेमा के थाहा छ भने
ब्रह्माण्डको सीमा अज्ञात र भ्रमपूर्ण छ
के एन्टिमाटर र समानान्तर ब्रह्माण्ड वास्तविक छ अज्ञात छ
धेरै हजार वर्ष पहिले, बहुविश्वको अवधारणा उडाइएको थियो
बिग - बैंग भन्दा पहिले पनि त्यहाँ आकाशगंगाहरू थिए अब हामी जान्दछौं
भौतिक विज्ञानको प्रगति धेरै छिटो छ, तर समयको क्षेत्र सुस्त छ
ब्रह्माण्ड हाम्रो ज्ञान भन्दा छिटो गतिमा विस्तार हुँदैछ
हामी ब्रह्माण्ड र यसको विशालताको बारेमा धेरै कम जान्दछौं, हामीले स्वीकार गर्नुपर्छ ।

सत्यका असल दिनहरू आउँदैछन्

जब हामी प्रकाश भन्दा छिटो यात्रा गर्न सक्षम हुनेछौं
मानव सभ्यताको भविष्य उज्यालो हुनेछ
अरबौं प्रकाश वर्ष टाढा रहेको टाढाको ग्रहबाट
विगतमा के गलत भयो हामी सजिलै भन्न सक्छौं
बुद्ध, येशू, मुहम्मदको साँचो कथा प्रकट हुनेछ
धार्मिक पाठ्यपुस्तकहरूमा कुनै पनि झूटो कुरा प्रबल हुने छैन
भविष्यमा सत्यको बाटो दृढ हुनेछ, र झूट कहिल्यै टिकाउ हुनेछैन
सत्य, विश्वास र प्रतिबद्धताको बाटो, मानिसहरूले
दुष्ट मानिसहरू र अपराधीहरू, विश्व सरकारले बन्दी बनाउनेछ
उनीहरूलाई अरबौं प्रकाश वर्ष टाढाको जेलमा निर्वासित गरिनेछ ।

भिन्नता र एकीकरण

जब हामी मानवलाई
हामी अन्ततः बाँदरले रूखहरूमा फलफूल खान्छौँ
तर जब हामी आदिम मानिसलाई
हामी अन्ततः बुद्ध, येशू र आइन्स्टाइनलाई
त्यसैले, एकीकरण भिन्नता भन्दा बढी महत्त्वपूर्ण छ
एकीकरण सत्य र समस्याको समाधान खोज्ने मार्ग हो
भिन्नता भनेको पछाडिको चाल र त्यसपछि विनाश हो
मानव जीनलाई फिटस्टको प्राकृतिक चयनको बारेमा थाहा छ
तैपनि, सर्वोच्चताको लागि र अप्राकृतिक तरिकाले जित्नको लागि, तिनीहरू क्रूर बन्छन्
अप्राकृतिक प्रक्रिया मार्फत प्रकृतिको हेरफेर नैतिक छैन
दीर्घकालीन स्थायित्वको लागि पनि, प्राकृतिक प्रक्रियाको गति बढाउनु सनकी छ ।

भोकमरीमा चील

मानवको बुद्धिले गर्दा पशु राज्यले कष्ट भोगिरहेको छ

आर्टिफिसियल इन्टेलिजेन्सले फ्र्याङ्केन्स्टाइनलाई बुमेराङ र सिर्जना गर्न सक्छ

राम्रो जीवनको खोजीमा मानिस आफ्नै सृष्टिको दास बन्न सक्छ

आर्टिफिसियल इन्टेलिजेन्स भएको रोबोट खतरनाक चक्कु बन्न सक्छ

कछुवा जस्तै तीन सय वर्ष बाँच्ने मानवले के गर्नेछ?

त्यहाँ प्रकृतिको अधिक विनाश र अवांछित आवाज हुनेछ

डिजिटल भर्चुअल संसारमा खाना खानु र समय बिताउनुको कुनै अर्थ छैन

सिग्नलको रूपमा नेटमा डिजिटल डाटाको रूपमा मर्नु र बाँच्नु राम्रो हुन्छ

यदि केही अग्रिम सभ्यताले संकेतहरू समात्छ र यसलाई डिकोड गर्छ भने

तिनीहरूको अनुसन्धान र विकासको लागि, हाम्रो मस्तिष्क डेटा फिट हुन सक्छ

जेनेटिक इन्जिनियरिङ आर्टिफिसियल इन्टेलिजेन्स जत्तिकै खतरनाक हुन सक्छ

COVID19 भन्दा ठूलो प्रकोपले सानो लापरवाहीको कारण
मानिसहरूलाई सखाप पार्न सक्छ

तर मानव मस्तिष्क र मन अवस्थाको सामना नगरी रोकिने छैन

मानव मन - मस्तिष्क सधैं भोकमरीमा चील जस्तै उड्ने गर्छ ।

जब हामी बूढो हुन्छौं

जीवनको यात्रामा, हामी वृद्ध र वृद्ध हुँदै जाँदा
जीवनको फोल्डरबाट धेरै चीजहरू मेटाउन आवश्यक छ
जीवनको यात्रा उत्तम शिक्षक हो र हामीलाई बुद्धिमान बनाउँदछ
तर अनावश्यक भार बोक्दा, हाम्रो काँध कमजोर हुन्छ
धेरैजसो विगतका जानकारीको कुनै मूल्य छैन
त्यसोभए, दिमाग मेटाउनु र ताजा गर्नु राम्रो हुन्छ
परिवर्तित परिदृश्यमा, हामीले नयाँ चीजहरू फेला पार्नुपर्दछ
आलोचना गर्नुको सट्टा, मानिसहरूप्रति, हामी दयालु हुनुपर्छ
हरेक दिन हामी मृत्युतर्फ जाँदैछौं वास्तविकता हो
विवादमा समय र शक्ति खेर फाल्नु मात्र व्यर्थता हो
यदि हामीले बुद्धि सिकेनौं भने अनुभवको माध्यमबाट
मृत्युको समयमा, हामी बाँझो राज्य छोड्नेछौं
जति चाँडो हामी जीवनको वास्तविकता र यात्राको अनिश्चितता महसुस गर्छौं
हामी अनावश्यक झगडा र टुर्नीको चिन्ताबाट बच्न सक्छौं
जब हामी बुढो हुन्छौं मुस्कान र हाँसो बढी महत्त्वपूर्ण हुन्छ
धेरै नयाँ सम्भावनाहरू, मुस्कानहरू सजिलैसँग प्रकट हुन सक्छन्
अन्यथा, हाम्रो कथा बिर्सिनेछ र अनकही रहनेछ
हरेक बूढो र बुद्धिमान मानिसले विगत र भविष्य छैन भनेर बुझ्छन्
जसले यसलाई चाँडै महसुस गर्छ, उसले जीवनको अवांछित यातनाबाट बच्न सक्छ ।

मानव निर्मित विभाजन बिर्सनुहोस्

चाहे हामी एक्लो ग्रहमा बाँचिरहेका छौं वा बहुविश्वमा बाँचिरहेका छौं
अरबौं वर्षमा यस ग्रहमा जीवन देखा पर्‍यो र फस्टायो
सभ्यता आयो र सभ्यता आफ्नै गल्तीहरूको लागि हरायो
तर अब ग्लोबल वार्मिंगको कारण, सम्पूर्ण ग्रह संकटमा छ
जबसम्म सर्वोच्च जनावरले चाँडै यो महसुस गर्दैन, सबै कुरा ध्वस्त हुनेछ
यद्यपि सही पाठ्यक्रम र कयामतको दिन कसैले पनि भविष्यवाणी गर्न सक्दैन
यदि हामीले हृदयबाट महसुस गरेनौं र कार्य गरेनौं भने, चाँडै प्रलय हुनेछ
मल्टिभर्स ग्रहको खोजीको साथसाथै, जंगलको आगो निभाउनु महत्त्वपूर्ण छ
यदि वातावरणीय पतन द्रुत रूपमा सर्छ भने, प्रविधि नपुंसक हुनेछ
टाढाको क्षितिजलाई हेर्दा, मानवजातिले आफ्नो नजिकको दर्शन गुमाउनु हुँदैन
ग्रहलाई बचाउन, सक्रिय हुनुहोस् र मानव निर्मित विभाजन बिर्सनुहोस् ।

क्लाउड कम्प्युटिङले उसलाई अदृश्य बनायो

क्वान्टम कम्प्युटरद्वारा क्लाउड कम्प्युटिङ
तैपनि, उही स्थानीय आपूर्तिकर्ताद्वारा डेलिभर गरिएको
उनी आफ्नो पुरानो, जर्जर डेलिभरी भ्यान लिएर आएका थिए
पोर्टलहरूबाट प्रिपेड सामग्रीहरू लिँदा हामीलाई रमाइलो लाग्छ
पहिले हामी उसलाई हाम्रो फोन मार्फत कल गर्थ्यौं जुन स्मार्ट थिएन
जब हामी उसलाई अर्डर गर्छौं, शुभ प्रभात र मुस्कानको साथ, उसले
उनले वस्तुहरूको सूची लेख्न कलम र पेन्सिल प्रयोग गरे
कुनै पनि भ्रम, उहाँले तुरुन्तै सुधारको लागि फिर्ता बोलाउनुभयो
अब उहाँ क्लाउड कम्पनीको ह्यान्डलिंग र डेलिभरी एजेन्ट मात्र हुनुहुन्छ
आफ्ना ग्राहकहरूसँग, उनले सञ्चार र सद्भाव गुमाए
प्रविधिले उसलाई केवल रोबोट जस्तो डेलिभरी मेसिन बनायो
आफ्ना पुराना ग्राहकहरू र आगन्तुकहरूका लागि, उहाँ अदृश्य लिङ्क मात्र हुनुहुन्छ ।

हामी भर्चुअल छौं

राम्रो लाग्छ, हामी वास्तविक होइनौं, तर भर्चुअल चीजहरू हौं
हामी जे देख्छौं, महसुस गर्छौं र सुन्छौं ती सबै त्रि - आयामिक होलोग्राम हुन्
बीउ र वीर्यमा मात्र जानकारी र डाटा भण्डारण गरिन्छ
सबै कुरा एक अवधिको लागि क्वान्टम कणहरू द्वारा प्रोग्राम गरिएको छ
हाम्रो इन्द्रियहरू प्रोटोन, न्यूट्रन वा इलेक्ट्रोन हेर्न प्रोग्राम गरिएको छैन
न त हाम्रो अंगहरू हावा, ब्याक्टेरिया र भाइरसहरू हेर्न प्रोग्राम गरिएको छ
हामीले हाम्रो अङ्गहरू मार्फत महसुस गर्न नसक्ने कुराहरू अवस्थित छन् तर भर्चुअल
अनन्त ब्रह्माण्डमा हामी पनि वास्तविक होइनौं तर अरूको लागि भर्चुअल छौं
होलोग्राम यति पूर्ण रूपमा प्रोग्राम गरिएको छ कि हामीलाई लाग्छ कि हामी वास्तविक छौं
त्यसैले पनि, जब हामी अज्ञात खेलाडीहरूसँग भर्चुअल खेल खेल्छौं
हाम्रो जीवनको भर्चुअल वास्तविकता हाम्रो लागि वास्तविक वास्तविकता हो
होलोग्राममा प्रदान गरिएको सीमित बुद्धिमत्ता ठीक छ
मानव बुद्धिमत्तालाई ब्रह्माण्डको विकास गर्न अरबौं वर्ष लाग्नेछ
त्यस बेलासम्म ब्रह्माण्डले उल्टो यात्रा सुरु गर्न सक्छ ।

जीवनको चेतना

जीवनको चेतना भनेको डीएनए, शिक्षा, विश्वास र अनुभवको संयोजन हो

मानव चेतनाले मानिसलाई उच्च बुद्धि र जिज्ञासा दिन्छ

जीवित रहनका लागि समान स्तरको बुद्धिमत्ता र गतिविधिमा पशु राज्य अड्किएको छ

जनावरहरूलाई ब्याक्टेरिया र भाइरसहरूद्वारा रोगहरूबाट बचाउन, त्यहाँ मानव गतिविधिहरू छन्

जनावरहरू रोग र मृत्युको प्राकृतिक प्रक्रियाको लागि बढी संवेदनशील हुन्छन्

प्राकृतिक प्रतिरक्षा र गुणनद्वारा मात्र, जनावरका प्रजातिहरू जीवित रहन्छन्

एक पटक पृथ्वीबाट विलुप्त भएपछि, कुनै पनि प्रजातिहरू स्वतः पुनरुत्थान भएका छैनन्

मानिसहरूले कसरी र किन उच्च चेतना प्राप्त गरे भन्ने कुरा कसैलाई थाहा छैन

शिक्षा, प्रशिक्षण र जिज्ञासाले मानव सभ्यतालाई प्रगति गर्न अनुमति दियो

कमिला र मधुमक्खीहरू पाँच हजार वर्ष पहिलेको जस्तै रहन्छन्

तिनीहरूको अनुशासन, समर्पण र सामाजिक निष्ठा मानवले पालन गर्ने प्रयास गरे तापनि

प्रत्येक जीवित प्राणीको चेतना फरक र अद्वितीय छ

जीवित प्राणीहरूको यो विविधतालाई क्वान्टम उलझनको माध्यमबाट एकीकृत गर्न सकिन्छ

धर्मले विश्वास गर्दछ कि सबै कुरा परमेश्वरसँग गाँसिएको छ

सुपर चेतनाको भागको रूपमा उलझन स्वीकार गर्न, विज्ञान मुडमा छैन ।

बिरालो जीवित बाहिर आयो

बिरालो बाकसबाट जीवित र स्वस्थ बाहिर आयो

कार्यक्रममा उपस्थित वैज्ञानिकहरूले लगातार ताली बजाए

धेरै मानिसहरूले ताली बजाएको देखेर, बिरालो अचानक हरायो

बिरालोको आधा जीवन र रेडियोधर्मी सामग्रीले बिरालोलाई बचायो

अनिश्चितता सिद्धान्तले जीवन बचाउन काम गर्यो, कसैले शर्त लगाउन सक्छ

परमेश्वरको बिरालोको जीवन बचाउने सम्भावना पचास - पचास छ

त्यो नै हाइजेनबर्गको अनिश्चितताको सिद्धान्त पनि हो

यद्यपि स्टीफन हकिङले भने कि संसारको निर्माणमा परमेश्वरको भूमिका नहुन सक्छ

तर जीवन र घटनाहरूको अनिश्चितताको लागि, परमेश्वरको उपस्थिति, मानव मन प्रकट हुन्छ

जबसम्म हामी बिरालोलाई पिंजडामा राख्दैनौं र उसको भविष्यको पूर्ण भविष्यवाणी गर्दैनौं

विज्ञानले परमेश्वर र प्रकृतिको अनिश्चिततालाई पञ्जा लगाउन सक्षम हुनेछैन ।

ठूलो बाधा

फोकस अस्तित्वको लागि आधारभूत वृत्ति हो
शिकारीले ध्यान नदिई आफ्नो प्रार्थना मार्न सक्दैन
क्रिकेटरहरूले बल र ब्याटमा ध्यान केन्द्रित गर्छन्
फुटबलरहरू बल र नेटमा ध्यान केन्द्रित गर्छन्
दैनिक जीवनमा ध्यान केन्द्रित गर्नु गाह्रो काम होइन
ती जो कलामा निपुण छन्, छिटो प्रगति गर्छन्
एक जवान केटाले सजिलै सुन्दर केटीमा ध्यान केन्द्रित गर्न सक्छ
तर भिन्न समीकरण निकाल्न गाह्रो हुन्छ
गणितमा निपुणता हासिल गर्न, फोकस नै समाधान हो
फोकसले कागजमा आगो प्रज्वलित गर्न सूर्यको प्रकाशलाई केन्द्रित गर्न सक्छ
अभ्यासले फोकसलाई पूर्ण र परिणामलाई स्मार्ट बनाउँछ
जीवनमा, ध्यान केन्द्रित गर्न र ध्यान केन्द्रित गर्न सक्षम नहुनु, एक ठूलो बाधा हो ।

जीवन गुलाबको ओछ्यान होइन, तर त्यहाँ घाम छ

हामी सपना देख्छौं, आशा गर्छौं र आशा गर्छौं कि जीवन गुलाबको ओछ्यान हुनेछ

हामी जुन सडकमा हिँड्छौं त्यो चिल्लो र सुनौलो हुनुपर्छ

तर वास्तविकता पूर्ण रूपमा फरक, जटिल र भ्रम हो

हाम्रो अस्तित्व परमाणुको अस्थिरताको कारण हो

अणुहरू बन्नको लागि, प्रत्येक क्षण तिनीहरू

अनिश्चितता हरेक हिँडाइमा हाम्रो जीवनको अन्तर्निहित भाग हो

गुलाबको ओछ्यान परी कथाहरूमा मात्र सम्भव छ

हाम्रो जीवन उबड - खाबड सडकहरूमा जान बाध्य छ

रातो बत्ती सबैभन्दा अनुपयुक्त समयमा बढ्न सक्छ

यदि हामीले हतार गर्ने प्रयास गर्यौं भने, अज्ञात शक्तिहरूले जरिवाना लगाउनेछन्

जीवनको अनिश्चिततामा पनि, घाम छ

जीवनको यात्रा अवसरहरू, सफलता, तपाईंको क्षमताहरूले भरिएको छ ।

सर्वोच्च जनावर

समानान्तर ब्रह्माण्डमा जीवन कस्तो हुनेछ भन्ने एउटा ठूलो प्रश्न हो

जबसम्म मानवले टेलिपोर्टेशन गर्न सक्दैन, कुनै उत्तम समाधान छैन

अहिलेसम्म हामीले हराएको मलेसियाली उडानको सही स्थान पत्ता लगाउन सकेका छैनौं

एक्सोप्लानेट भ्रमण नगरी ठ्याक्कै जीवन रूपको बारेमा बताउनु सही होइन

वैज्ञानिकहरूले जे भने पनि जबसम्म हामी उनीहरूलाई भेट्दैनौं सम्म सम्मोहनको रूपमा रहनेछौं

तिनीहरूको जीवनमा र शासक भौतिक चीजहरूमा, त्यहाँ फरक क्षेत्र हुन सक्छ

निस्सन्देह, तिनीहरू टाउकोमा हिंडिरहेका छैनन् र गधाको प्वालबाट खाँदैछन्

तर नजिकबाट अवलोकन नगरी, वास्तविकता कहिल्यै प्रकट हुने छैन

समानान्तर ब्रह्माण्डका अग्रिम प्राणीहरू केही तरल पदार्थमुनि बस्न सक्छन्

बच्चाहरूको कथाहरूको मत्स्यस्त्री जीवन प्राणीहरूले त्यहाँ शासन गरिरहेको हुन सक्छ

सिग्नलको माध्यमबाट पृथ्वीबाट सबै कुरा जान्ने मौका दुर्लभ छ

जबसम्म हामी अनन्त ब्रह्माण्डको हरेक नुक्कड़ र कुनाहरू अन्वेषण गर्दैनौं

मानिसहरूलाई दाबी गर्दै, ब्रह्माण्डका शासकहरू काई जस्तै परिकल्पना हो ।

हे" वैज्ञानिकहरू, प्रिय वैज्ञानिकहरू

ब्रह्माण्ड सुन्दर रूपमा बुनेको र सिद्ध छ

जीवन र मृत्यु यसको सुन्दर चक्रको भाग हो

आनुवंशिक ईन्जिनियरिङ्को माध्यमबाट मानवलाई अमर नबनाउनुहोस्

मानवले पहिले नै पृथ्वीको पारिस्थितिक सन्तुलन नष्ट गरिसकेको छ

जीवित प्राणीहरूमा जैविक विविधता अविभाज्य भाग हो

अरबौं वर्ष बितिसकेको थियो र धेरै ढिलो विकास

डायनासोर र अन्य धेरैको विलुप्तिको माध्यमबाट

मानव जीवन अब एक्लो ग्रहमा फस्टाइरहेको छ

आनुवंशिकी र कृत्रिम बुद्धिमत्ता मार्फत अमर हुनु अघि

क्यान्सर र आनुवंशिक रोगहरूको उपचार बढी महत्त्वपूर्ण छ

धेरै हजार वर्ष पहिले ऋषिहरूले अमरत्वको प्रयास गरे

तर यसको खतरा र व्यर्थता महसुस गर्दै यसलाई प्रयास गर्न छोडिदिए

यदि मानवजाति अमर भयो भने, अन्य जीवनलाई के हुनेछ

घरपालुवा जनावरहरूको मृत्युमा बारम्बार हुने आघात पनि उत्तिकै पीडादायी हुनेछ

लामो समयसम्म, मन परिवर्तन नगरी, अमरत्व हानिकारक हुनेछ ।

मानव भावना र क्वान्टम भौतिकी

प्रेम र विश्वासले तर्कलाई पछ्याउँदैन
मानव जीवनको लागि दुवै आधारभूत छन्
हाम्रो जीवनमा संगीत धेरै महत्त्वपूर्ण छ
जीनको माध्यमबाट आउने इन्द्रियहरू अन्तर्निहित हुन्छन्
तर जीवनको लागि, परमाणुहरूको संयोजन जैविक
मौलिक कणहरू वास्तवमा मौलिक बहस योग्य छन्
स्ट्रिङ सिद्धान्तले भन्छ कि कम्पन वास्तविक
क्वान्टम उलझन वास्तवमै एक डरलाग्दो कुरा हो
नयाँ सम्भावनाहरू अब क्वान्टम मेकानिक्सले ल्याउँछ
तैपनि, मानव भावना र चेतना, फरक तरिकाले हामी गाउँछौं ।

मौलिकता र चेतनामा के हुनेछ?

यस संसारमा, मसँग कुनै उद्देश्य वा कारण नहुन सक्छ

म भर्चुअल जेलमा सिम्युलेटेड जीवन बिताइरहेको हुन सक्छु

तर मेरो आफ्नै चेतना र मौलिकता छ

पहिले नै आर्टिफिसियल इन्टेलिजेन्सले मेरो सोचाइ प्रक्रियाको उल्लङ्घन गरेको छ

मेरो सोचको मौलिकतामा त्यहाँ ठहराव र विश्राम छ

यदि मेरो बुद्धिमत्ता र चेतना अधीनस्थ भयो भने

म निश्चित रूपमा सचेत समन्वयको रूपमा मेरो स्थान गुमाउनेछु

उद्देश्यहीन, दिशाहीन ग्रहमा बस्दा पहिले नै थकित भएको

कुनै पनि विज्ञान वा दर्शनले हामी कुन उद्देश्यको लागि आएका हौं भनेर व्याख्या गर्न सक्दैन

मनमानी दृष्टि, मिशन र उद्देश्य, हामीले अनुमान लगाउनु पर्छ

कृत्रिम बुद्धिमत्ता र अमरत्वको साथ, यी पनि व्यर्थ हुनेछन्

थाहा छैन, एक पटक जीवन नाजुक नभएपछि जीवनको परिभाषा के हुनेछ।

जब ब्रह्माण्डको विस्तार समाप्त हुन्छ

के ब्रह्माण्डको विस्तार अनन्तसम्म जारी रहनेछ?
वा कुनै दिन यो अचानक विस्तार हुन बन्द हुनेछ
समयले आफ्नो अगाडिको चाल गुमाउनेछ र ठप्प हुनेछ
वा गति को कारण, विपरीत दिशा मा उल्टाउन सुरु हुनेछ
मानवजातिको लागि ग्रह पृथ्वीमा जीवन कति हास्यास्पद हुनेछ
मानिसहरू श्मशान मैदानमा बूढो भएर जन्मनेछन्
आगोबाट, उनीहरूलाई परिवार र साथीहरूले स्वागत गर्नेछन्
दुःखको ठाउँको सट्टा, चिहानहरू उत्सवको स्थान हुनेछन्
बिस्तारै वृद्ध मानिसहरू जवान र जवान हुनेछन्
फेरि, एक दिन, तिनीहरू वीर्य बन्नेछन्, र आमाको गर्भमा, सदाको लागि हराउनेछन्
सबै ग्रह र ताराहरू फेरि एकवचनमा विलीन हुनेछन्
तर त्यसपछि सबै नाइटी - ग्रिट्टी व्याख्या गर्न कुनै भौतिकी र समय हुनेछैन ।

पुनः इन्जिनियरिङ

प्रकृतिले निरन्तर ईन्जिनियरिङ् र पुनः ईन्जिनियरिङ् गर्छ

यो सृष्टि र प्रकृतिको एक इनबिल्ट प्रक्रिया हो

विकासको प्रक्रियामा पनि, राम्रो प्रजातिहरूको लागि, यो महत्त्वपूर्ण छ

पुनः ईन्जिनियरिङ् बिना, सबै भन्दा राम्रो उत्पादन आउन सक्दैन

त्यसैले, प्रगति र सबै भन्दा राम्रो विकासको लागि, पुनः ईन्जिनियरिङ् आवश्यक छ

मानव मस्तिष्कले सोच्ने प्रक्रियामा निरन्तर पुनः ईन्जिनियरिङ् पनि गर्छ

सत्य स्थापित भएपछि हामी सिक्छौं, जान्दैनौं र फेरि सिक्छौं

जबसम्म हामी सबै भन्दा राम्रो उत्पादन गर्दैनौं वा सत्य फेला पार्दैनौं, पुनः ईन्जिनियरिङ जारी रहन्छ

यस तरिकाले प्रकृतिले उत्तम गतिशील सन्तुलन प्राप्त गर्यो

पुनः ईन्जिनियरिङ् र विकास एक पेन्डुलम जस्तै निरन्तर हुन्छ ।

हिग्स बोसन, द गड पार्टिकल

जब पत्ता लाग्यो, हिग्स बोसनले वैज्ञानिक समुदायलाई धेरै उत्साहित तुल्याए

तैपनि, संसारमा परमेश्वर र उहाँका दूतहरू

परमेश्वर र अगमवक्ताहरूमा, अझै पनि मानिसहरूमा असीमित विश्वास र भरोसा छ;

मौलिक कणहरू समयको सुरुदेखि नै आफ्नो ठाउँमा छन्

त्यसैले, विश्वासीहरूका लागि, हिग्स बोसनको खोजको पर्वाह नगरी, सबै समान

विश्व युद्ध र नागासाकी बमबारीको लागि, विश्वासीले सोच्छ कि यो परमेश्वरको अनन्त खेल हो

अविश्वासीको तर्क छ, भगवान वा भगवानको पर्वाह नगरी, बमले ज्वाला सिर्जना गर्ने थियो

विश्व युद्ध र विनाशको लागि, मानव अहंकार र मनोवृत्ति दोष हो

विश्वासीहरूले संसारका विभिन्न भागहरूमा परमेश्वरलाई धेरै नाम दिएका थिए

तर हिग्स बोसोन, केवल एक नामको साथ, वैज्ञानिकहरू प्रकट हुन्छन् ।

बूढो मानिस र क्वान्टम उलझन

धन्य भगवान कण, यो माछा थियो, मगर वा गोडजिला वा एनाकोन्डा होइन

यो क्वान्टम सम्भावना र उलझन अनुसार सम्भव हुने थियो

त्यसपछि अनिश्चितताको सिद्धान्तले, बूढो मानिसलाई पेटमा राख्ने थियो

अनिश्चिततामा आफ्नो अस्तित्वको लागि उनको डुङ्गा धेरै सानो र नाजुक थियो

हेमिङ्गवेको उपन्यासले माछा र उनको रचनात्मकताको लागि पुरस्कार जित्यो

तैपनि, अनिश्चितता र क्वान्टम उलझनले पुरस्कार विजेतालाई मृत्युको मुखमा धकेलेको थियो

परमेश्वरको कण पत्ता लगाएपछि पनि, यस ग्रहमा, मृत्यु अन्तिम सत्य हो

गुरुत्वाकर्षण र सापेक्षतालाई पनि नबुझी धेरै सभ्यताहरू बिर्सिए

मानिसहरूले अब क्वान्टम ग्याजेटहरू प्रयोग गरिरहेका छन्, बिना कुनै उलझन, चुपचाप

ज्ञानको स्तर, जान्नु र नजान्नु सभ्यताहरू बीचको भिन्नता हो

आधा ज्ञान र बायो - इन्टेलिजेन्सले पनि मानव जातिलाई विनाशतर्फ लैजान सक्छ ।

मानिसहरूले के गर्नेछन्?

के ग्रह पृथ्वीमा आठ अर्ब भन्दा बढी समलिङ्गी - सेपियनहरू आवश्यक छ?

पहिले नै तेस्रो विश्वका देशहरू अर्ध - साक्षरताले भरिएका छन्

एशियाली शहरहरूमा कोही पनि आरामसँग हिँड्न, साइकल चलाउन, चलाउन वा सार्न सक्दैनन्

छ र छ बीचको अन्तर - दिन प्रतिदिन बढ्दै गएको छैन

धर्मको नाममा, युवा श्रम शक्ति सिर्जना गर्दै, कुनै जन्म नियन्त्रण छैन

चारैतिर बेरोजगारी र निराशा र निराशा

डिजिटल ग्यापले एउटा खण्डलाई अमानवीय अवस्थामा बस्न धकेलेको थियो

असहाय वर्गको लागि, जीवनको अर्थ भाग्य हो र परमेश्वरलाई कृपाको लागि प्रार्थना गर्नु हो

निराश युवाहरूमा बढ्दो आत्महत्या चरम बिन्दुमा छ

अब आर्टिफिसियल इन्टेलिजेन्सको साथ, हामी अधिक र अधिक रोजगारहरू हटाउँदैछौं

कृषिमा पनि, मानिसहरूले बिस्तारै राम्रो भविष्यको आशा गुमाउँछन्

निष्क्रिय र बेरोजगार मानिसहरूले संसारमा के गर्नेछन्, सोध्नु अन्यायपूर्ण छैन ।

अन्तरिक्ष - समय

समय सापेक्ष छ, पहिले नै एक स्थापित तथ्य र वास्तविकता

अन्तरिक्ष अनन्त छ, ब्रह्माण्ड कुनै प्रतिरोध बिना विस्तार हुँदैछ

अन्तरिक्ष - समय सम्बन्धमा, गुरुत्वाकर्षण बल पनि महत्त्वपूर्ण छ,

प्रकाशको गति समयको लागि अवरोध हो, र त्यो गतिमा समय स्थिर हुन सक्छ

अन्तरिक्ष - समय, पदार्थ - ऊर्जा, गुरुत्वाकर्षण - विद्युत चुम्बकत्वको सम्पूर्ण अवधारणा,

न्यूटनदेखि आइन्स्टाइन भौतिकशास्त्रको अध्ययनमा ठूलो फड्को थियो

क्वान्टम उलझनले अब धेरै आधारभूत कुराहरू परिवर्तन गर्छ,

समय यात्रा र टेलिपोर्टेशन अब विज्ञान कथाको कथा होइन

आर्टिफिसियल इन्टेलिजेन्स चाँडै नै नयाँ दिशाको साथ हुने छ

मानिसहरू चाँडै नै छुट्टीको समयमा समय यात्राको माध्यमबाट येशू र बुद्धलाई भेट्न सक्छन् ।

अस्थिर ब्रह्माण्ड

बिग - ब्यांग पछि, प्राथमिक कणहरू उत्तेजित हुन्छन्
विस्फोटबाट ऊर्जाले भरिएको, तिनीहरू उत्साहित छन्
नवजात कणहरू अस्थिर हुन्छन् र लामो समयसम्म बाँच्न सक्दैनन्
त्यसैले, संयोजन, प्रोटोन, न्यूट्रन र इलेक्ट्रोन तिनीहरूले गठन गरे
सँगै तिनीहरूले स्थिर हुनको लागि परमाणुको एक मिनी सौर प्रणाली बनाएका थिए
तर स्थिर रहन, धेरै जसो नवगठित परमाणुहरू असमर्थ थिए
परमाणुहरू विभिन्न अनुपातमा मिलेर अणुहरू बने
कुराहरूको साथ, सौर्यमण्डल गतिशील रूपमा स्थिर भयो
अणुहरूलाई जैव - अणुहरू बनाउन लाखौं वर्ष लाग्यो
कार्बन, हाइड्रोजन, अक्सिजन, नाइट्रोजन, फलामले जैविक जीवन सम्भव बनायो
तैपनि, हामी निश्चित छैनौं, हामी वास्तवमा परमाणु वा कम्पन तरंगहरूको संयोजन हौं
आधारभूत कणहरू वास्तविकतामा, परमेश्वरको तारको कम्पन हुन सक्छ ।

सापेक्षता

सापेक्षता प्रकृतिको सम्पत्ति हो जब आकाशगंगाहरू सिर्जना गरिएका थिए

बिग - बैंग भन्दा पहिले र त्यस पछि पनि सापेक्षता सधैं अस्तित्वमा थियो

ब्रह्माण्ड र वास्तविकतामा केही पनि निरपेक्ष र स्थिर छैन

विज्ञान, दर्शन र मनोविज्ञानका सिद्धान्तहरू कहिलेकाँही असंगत हुन्छन्

वास्तविकता र सापेक्षता को उपस्थिति अवस्थित गर्न, पर्यवेक्षक महत्त्वपूर्ण छ

मानिसहरूलाई लामो समयदेखि गैर - गणितीय ढाँचामा सापेक्षता थाहा थियो

नछुने सीधा रेखा छोट्याउने कथा जवान छैन

धार्मिक ग्रन्थहरू र दर्शनले सापेक्षतालाई फरक तरिकाले व्याख्या गरे

आइन्स्टाइनले यसलाई मानवता र विज्ञानको लागि, समीकरण र गणितको माध्यमबाट

जीवन, मृत्यु, वर्तमान, विगत, भविष्य सबै सापेक्ष छ र मानव वृत्तिद्वारा चिनिन्छ

मानव मस्तिष्क र सभ्यतासँग सापेक्षता को अवधारणा, एक कारक आधारभूत हो ।

समय के हो

के समय साँच्चै मानव जीवनको डोमेनमा अवस्थित छ?

वा वास्तविकता बुझ्नु मानव मस्तिष्कको भ्रम मात्र हो?

के त्यहाँ समयको कुनै तीर छ जुन प्रकाशको गतिमा चल्छ?

वा भूत, वर्तमान र भविष्य केवल अस्तित्वलाई व्याख्या गर्ने अवधारणा मात्र हो?

ब्रह्माण्डमा कुनै समान समय छैन र सबै ठाउँमा समय सापेक्ष हुन्छ

पदार्थ र ऊर्जा मात्र वास्तविकता हो जुन साँचो अर्थमा प्रकट हुन्छ

शंका सधैं समय, आत्मा र परमेश्वरको अस्तित्वको बारेमा हुन्छ

समय मापन मनमानी हुन सक्छ, एकाइ जस्तै लम्बाइ र तौलको एकाइ

विगतदेखि वर्तमानसम्मको समयको तीर सही नहुन सक्छ

समय पदार्थ - ऊर्जा रूपान्तरण, वृद्धि र क्षय मापन गर्नको लागि मात्र एक एकाइ हुन सक्छ

समय के हो, पुष्टिको साथ, सिकेका वैज्ञानिकहरूले पनि भन्न सक्दैनन् ।

ठूलो सोच्ने

मानिसहरू भन्छन् ठूलो सोच्नुहोस्, ठूलो सोच्नुहोस्, तपाईं ठूलो बन्नुहुनेछ
तर जब म ठूलो, ठूलो र ठूलो सोच्दछु, म आश्चर्यजनक रूपमा सानो हुन्छु
सापेक्षिक संसारमा, मेरो अस्तित्व महत्वहीन हुन्छ
म मेरो इलाकामा पनि महत्वहीन छु, जीवनको वास्तविकता हो
मेरो शहर, मेरो जिल्ला, मेरो राज्य, र मेरो देशमा, महत्वहीनता बढ्छ
जब म विश्व स्तरमा देख्छु, मेरो अस्तित्व केही पनि हुँदैन
सौर्यमण्डल, आकाशगंगा, दूधिया तरिका र ब्रह्माण्डमा, म के हुँ, कुनै जवाफ छैन
एकमात्र वास्तविकता यो हो कि म जीवित छु र आज मेरो घरमा परिवारसँग अवस्थित छु
कुनै मूल्य छैन, कुनै महत्त्व छैन संसार वा मानवजातिको लागि कुनै आवश्यकता छैन
जीवन भनिने एकदिशात्मक व्यर्थ यात्रा, मेरो आफ्नै तरिकामा, मैले
जब म मेरो यात्रा पूरा गर्छु, मानिसहरूले मेरो शरीरमाथि सार्न जारी राख्नेछन्
हामी आठ अर्बको बीचमा यति सानो र अदृश्य छौं कि, गर्वका साथ के भन्न सकिन्छ ।

प्रकृतिले यसको आफ्नै विकास प्रक्रियाको लागि भुक्तान गरेको मूल्य

प्रकृतिले विकासको प्रक्रियाको लागि ठूलो मूल्य चुकाएको छ

जनावरहरूको लागि समलिङ्गी - सेपियन्सको उपस्थिति सम्म कुनै भ्रम थिएन

रूखहरू, जीवित राज्य कुनै समाधान नहेर्दै खुशीसाथ बाँचे

पर्याप्त खाना, राम्रो पानी र हावा प्राप्त गर्नु उनीहरूको सन्तुष्टि थियो

पारिस्थितिक सन्तुलनको प्रक्रियामा यसको भनाइ छ, र कुनै मौद्रिक लेनदेन छैन;

विकासको प्रक्रियामा मानिसको आगमनले सबै कुरा परिवर्तन गर्‍यो

प्रकृतिले आफ्नो मूल र सन्तुलित चीजहरूको संरक्षण गर्न हरेक क्षण संघर्ष गर्नुपर्दछ

मानिसले सान्त्वनाको लागि पहाडहरू, नदीहरू, खाडी, समुद्र तट, तटीय रेखाहरू परिवर्तन गरे

तर आमा प्रकृतिलाई आफ्नो विकासको सन्तुलन राख्न, कहिल्यै सहयोग नगर्नुहोस्

सभ्यता र प्रगतिको नाममा, प्रकृतिमा सबै कुरा, मानिस विकृत हुन्छ ।

पृथ्वी दिवस

ग्रह पृथ्वी सुन्दर छ, यो कार्बन, हाइड्रोजन र अक्सिजनबाट बनेको हुनाले होइन
यो प्रकृतिको विकास र बुद्धिको कारण सुन्दर छ
साना परमाणुहरूबाट जीवनको सृष्टि अझै पनि एउटा ठूलो रहस्य हो
कसैलाई थाहा छैन, के जीवन आकाशगंगाको यस ग्रहमा मात्र एक घटना हो
वा जीवन अन्यत्रबाट यस ग्रहमा वंशानुगत रूपमा आएको छ
जीवनको सौन्दर्य यसको विविधता र पारिस्थितिकी तंत्रमा निहित छ
मानव द्वारा नाजुक सन्तुलनको विनाश देख्न सकिन्छ र विरलै
मानिसहरूले सोच्छन् कि बुद्धिको सद्गुणले, पृथ्वी तिनीहरूको जागीर हो
अन्य प्रजातिहरूसँग सहवासको लागि, समलिङ्गी - सेपियन्ससँग बुद्धि छैन
केही घण्टाको लागि पृथ्वी दिवस मनाउनु मानवको आँखा धुनु र अनियमित कार्य गर्नु हो ।

विश्व पुस्तक दिवस

प्रिन्टिङ प्रेस एक सफलताको आविष्कार थियो
कम्प्युटर, स्मार्ट फोन, र इन्टरनेट जत्तिकै ठूलो
प्रेसले ज्ञानको प्रसारको माध्यमबाट सभ्यताको मार्ग परिवर्तन गर्‍यो
पुस्तकहरू आधुनिक समयको इन्टरनेट जस्तै वाहकहरू थिए
पुस्तकहरूले सूर्यको किरणहरू जस्तै ज्ञान फैलाउन महत्त्वपूर्ण भूमिका खेले;
नयाँ प्रविधिहरूद्वारा पुस्तकहरूमा ठूलो दबाब छ
तैपनि पुस्तकहरूले सबै अडियो - भिजुअल माध्यमको आक्रमणको सामना गर्छन्
एक्काइसौं शताब्दीमा पनि, पुस्तकहरू सम्पत्ति प्रिमियम हुन्
पुस्तकहरूको महत्त्व डिजिटल ढाँचा र आर्टिफिसियल इन्टेलिजेन्समा जान सक्छ
तर सभ्यता र ज्ञानको प्रगतिमा, पुस्तकहरूले पद कायम राख्नेछन् ।

सङ्क्रमणमा हामी खुशी बनौं

जब सूर्य डिम हुन्छ र आणविक फ्युजन सधैंको लागि समाप्त हुन्छ
कृत्रिम बुद्धिमत्ता प्राणीहरूले ग्रह पृथ्वीमा के गर्नेछन्
तिनीहरूको क्षय र पतन पनि स्वचालित रूपमा सुरु हुनेछ
AI प्राणीहरूले कसरी सौर्य ऊर्जा बिना आफ्नो ब्याट्रीहरू चार्ज गर्नेछन्
थोरै शुल्क लिनको लागि, तिनीहरू सडकको कुकुर जस्तै दौडनेछन्, र भोकाउनेछन्
मानिस लोप हुन सक्छ, सूर्य धमिलो हुनुभन्दा धेरै पहिले
एआई प्राणीहरूले मात्र घटनाको सामना गर्नुपर्दछ र मजा लिनुपर्दछ;
यदि केही ठूला क्षुद्रग्रहहरू सूर्य धमिलो हुनुभन्दा पहिले पृथ्वीमा ठोक्किए भने
विनाश सँगै हुनेछ, मानव, कृत्रिम बुद्धिमत्ता र सबै जीवित वस्तुहरू
क्षुद्रग्रह हिट भएपछि AI प्राणीहरूको अस्तित्व पनि टाढा छ
यसको आफ्नै पाठ्यक्रम मार्फत प्रकृतिले फेरि सहारा लिनेछ
नयाँ जीवित जीव विकासको माध्यमबाट फेरि आउनेछ
राम्रो नयाँ संसारको लागि, यो पक्कै पनि प्रकृतिको उत्तम समाधान हुनेछ
यी कुराहरू नभएसम्म, हामी रमाइलो गरौं र संक्रमणमा खुशी बनौं ।

पर्यवेक्षक महत्त्वपूर्ण छ

क्वान्टम उलझनमा पर्यवेक्षक सबैभन्दा महत्त्वपूर्ण हुन्छ

डबल स्लिट प्रयोगले यदि अवलोकन गरियो भने इलेक्ट्रोनहरूले फरक व्यवहार गरेको देखायो

सापेक्षिक र क्वान्टम संसारमा, पर्यवेक्षक बिना घटनाको कुनै अर्थ छैन

त्यसोभए, अवलोकन हुनुहोस् र अस्तित्व र वास्तविकता महसुस गर्नुहोस्, म मेरो लागि केन्द्र हुँ

यो प्रजातिहरू, र रूख खाने कीराहरूको लागि पनि उपयुक्त छ

मेरो चेतना बिना, ब्रह्माण्ड अवस्थित छ कि छैन त्यो अमूर्त छ

चेतना नभएको मानिस, जीवित भए तापनि, कुनै पनि अर्थपूर्ण कुरा हामीले परीक्षण गर्न सक्दैनौं

क्वान्टम उलझनको कारण, अहिलेसम्म कुनै वैज्ञानिकले व्याख्या गर्न सक्दैनन्

तर ब्रह्माण्ड र ब्रह्माण्डका सबै कुरा अदृश्य श्रृंखलामा फसेका छन्

गुरुत्वाकर्षणको एकीकरण, विद्युत चुम्बकत्व, आणविक शक्तिहरू, पदार्थ - ऊर्जा परमेश्वरको मस्तिष्क हुन सक्छ ।

पर्याप्त समय

येशू, राजा सोलोमन र अलेक्जेन्डरसँग पर्याप्त समय थियो

तिनीहरूले त्यस समयमा धेरै उपलब्धि हासिल गरे र समयमै पदचिन्हहरू छोडे

धेरै मानिसहरू दर दौडमा धेरै व्यस्त छन् र समय छैन

केही मानिसहरू सोच्दछन् कि तिनीहरू अमर छन्, र तिनीहरूले भविष्यमा ठूलो काम गर्नेछन्

धेरै कम मानिसहरूलाई मात्र थाहा छ कि अनन्त समय अनौंठो प्रकृतिको छ

विज्ञानले कहिलेकाँही समय वास्तवमै के हो वा वास्तवमै गतिशील छ भनेर पनि चकित पार्छ

वा यो गुरुत्वाकर्षण बलहरू जस्तै हो, अर्को आयाम नबगाईकन

ठाउँ, समय, पदार्थ र ऊर्जा सबै महत्त्वपूर्ण छन्, तर समय स्वतन्त्र छ

तर शहरमा एउटा सानो फ्ल्याट पनि किन्नको लागि, तपाईंले ठूलो शुल्क तिर्नु पर्छ

तपाईंसँग विवेकानन्द, मोजार्ट, रामानुजन वा ब्रुस ली हुनको लागि पहिले नै समय छ ।

एक्लोपना सधैं खराब हुँदैन

कहिलेकाँही हामी एक्लोपनमा गहिरो सोच्न सक्छौं
यसले दिमागको सरसफाइमा ध्यान केन्द्रित गर्न मद्दत गर्दछ
अनावश्यक भीडको साथ, मनले निन्द्रा महसुस गर्दछ
तर, केहीका लागि, एक्लोपनले अल्छी पनि ल्याउन सक्छ
केहीलाई यसले दर्शनको खतरामा पनि ल्याउन सक्छ;
आत्मनिरीक्षणको लागि उपकरणको रूपमा एक्लोपन प्रयोग गर्नुहोस्
ध्यानको लागि एक्लोपन पनि आवश्यक छ
यदि तपाईंले ध्यान केन्द्रित गर्नुभयो भने, यसले जटिल समस्याहरूको समाधान दिनेछ
एक्लै हुँदा, कहिले पनि कुनै औषधि वा श्वासप्रश्वासको प्रयास नगर्नुहोस्
बरु साथीहरूसँग बाहिर जानुहोस्, राम्रो औषधि
एकाग्रता र नयाँ दिशाको लागि एक्लोपन प्रयोग गर्नुहोस् ।

म बनाम आर्टिफिसियल इन्टेलिजेन्स

मलाई थाहा छ, सबै मेरो मौलिक ज्ञान होइन

न त मैले वर्णमालाको आविष्कार गरेको छु न त संख्याको

मलाई थाहा भएको भाषा मेरो मस्तिष्कको कार्यद्वारा सिर्जना गरिएको होइन

आगो, पाङ्ग्रा वा कम्प्युटर पनि मेरो आविष्कार होइन

मैले प्राप्त गरेका सबै कुरा अरूबाट आएका हुन्

सामाजिककरण पनि बुबा, आमा र आफन्तहरूबाट लिइएको हो

मेरो दिमागले कम्प्युटरको हार्ड डिस्क जस्तै जानकारी मात्र भण्डारण गरिरहेको छ

म र AI ज्ञान बीच केवल रेजर पातलो भिन्नता छ

अद्वितीय भिन्नता भनेको मेरो चेतना र मौलिकता हो

र निरन्तर सकारात्मकताको माध्यमबाट मैले भेला गरेको बुद्धि ।

नैतिक प्रश्न

प्रगतिको हरेक चौबाटोमा, हामीले सधैं नैतिकताका प्रश्नहरू उठायौं
चाहे त्यो गर्भपतन होस्, वा टेस्ट ट्यूब बेबी होस् वा नयाँ जीवनको जोकर होस्
क्षुद्र कारणले युद्धमा मानिसलाई मार्न कुनै नैतिक समस्या थिएन
धर्मको नाममा हजारौं मानिसहरूलाई मार्ने कुनै नैतिक समस्या छैन
तर सफलताको लागि वैज्ञानिक र प्राविधिक विकासको लागि, नैतिकता आउँछ
तिनीहरूको विरोधाभास र अनैतिक कार्यहरूको लागि, सबै धर्महरू गूंगा छन्
कम्प्युटर, रोबोट र इन्टरनेटलाई श्रम शक्तिको लागि खतरा मानिन्थ्यो
तर अन्तमा, यी सबै द्रुत विकास र दक्षता स्रोतका लागि उपकरण बने
आनुवंशिकीको माध्यमबाट कृत्रिम बुद्धिमत्ता र अमरत्वमाथि अब प्रश्न उठाइएको छ
दुई - तीन दशकपछि सबैले भन्नेछन्, आर्टिफिसियल इन्टेलिजेन्स अस्वभाविक छैन ।

मलाई थाहा छैन

म छिटो र छिटो अगाडि बढिरहेको छु, नजानेर, म किन अगाडि बढिरहेको छु
मलाई मात्र थाहा थियो कि म हरेक मिनेटमा बुढो हुँदैछु, र दिनदिनै मर्दैछु
मलाई थाहा छैन, म नजानेर कहाँबाट आएँ र अहिले कहाँ जाँदैछु
ब्ल्याक बक्स भित्र, मसँग सीमित ज्ञान र जानकारी छ
बाकस बाहिर, कसैलाई पनि थाहा छैन कि वास्तवमा के भइरहेको छ
न त विज्ञान न त धर्मसँग कुनै निर्णायक प्रमाण छ
तर जीवनको आधारभूत वृत्तिले मलाई छिटो र छिटो जान बाध्य तुल्यायो
यात्रा पूर्व संकेत बिना कुनै पनि क्षणमा रोकिन सक्छ
वा म सत्तरी, अस्सी वा सय वर्षसम्म अगाडि बढ्न बाध्य हुन सक्छु
तर अन्तमा, यात्रा एक्लो चिहानमा पूरा हुनेछ ।

मलाई थाहा छ, म चूहोंको दौडमा सर्वश्रेष्ठ थिएँ

मलाई थाहा छ, म सबैभन्दा राम्रो पौडीबाज थिएँ, र मैले समुद्र पार गरें

लाखौं मध्ये, म सबैभन्दा बलियो र सबैभन्दा शक्तिशाली थिएँ

त्यसैले आज, दौडका मानिसहरूको यार्डस्टिकमा, म सफल छु

मैले यो संसारमा उज्यालो देख्नु अघि नै मुसा दौड सुरु भयो

यही कारण हो कि मुसाको दौड सामान्यतया मानव तहमा तार लगाइन्छ

जो कोही मुसा दौडबाट बाहिर छ, मानिसहरूले साहसी सोच्दैनन्

मुसा दौडका विजेताहरूको सफलताका कथाहरू, मानिसहरूले गर्वका साथ भने

तैपनि बुद्ध र येशू जस्ता केही फरक कथाहरू छन्

त्यसकारण तिनीहरू एक फरक वर्गका अलौकिक प्राणी हुन्

तिनीहरू मानवजातिको मसीहा हुन्, र चूहोंको दौडको लागि ।

तपाईंको भविष्य सिर्जना गर्नुहोस्

कसैले पनि मेरो भविष्य बनाउन गइरहेको छैन

मैले यसलाई आज कामको साथ बनाउनु पर्छ

यद्यपि भविष्य अनिश्चित र अप्रत्याशित छ

भोलिको लागि आधार सिर्जना गर्न सरल छ

यदि हामी आज हाम्रो मिशन र लक्ष्यको लागि कडा परिश्रम गर्छौं भने

भोलि थप अवसरहरूको साथ आउँदछ

भोलि पछि दिन सधैं निरन्तरता चाहिन्छ

परमेश्वरले ती मानिसहरूलाई मदत गर्नुहुन्छ, जसले आफैलाई मदत गर्छन् भर्चुअल होइनन्

जब भविष्य आउँछ, तपाईंले महसुस गर्नुहुनेछ, यो वास्तविक छ

त्यसोभए, आज रमाइलो र जोसका साथ आफ्नो भविष्य सिर्जना गर्नुहोस् ।

उपेक्षित आयामहरू

जीवित प्राणीहरूको रूपमा, हामी प्रकाश, ध्वनि र तापको बारेमा बढी चिन्तित छौं

विद्युत चुम्बकत्व, गुरुत्वाकर्षण, बलियो र कमजोर आणविक शक्तिहरूको बारेमा कम चिन्तित

मानिसहरूले सूर्यलाई प्रार्थना गर्छन्, किनभने यो ऊर्जाको प्राथमिक स्रोत हो

नदीहरूको पूजा र परमेश्वरको वर्षा, मानिसहरूले पदार्थको महत्त्व देखाउँछन्

तर सबै आयामहरू मध्ये, ठाउँ र समय चापलूसी रहन्छ

मौलिक चार शक्तिहरू आदिम मानिसहरूको समझभन्दा बाहिर थिए अन्यथा, तिनीहरूको आराधना र प्रार्थना सान्दर्भिक र राम्रो हुने थियो

धेरैजसो संस्कृतिहरूमा, त्यहाँ कुराहरू र ऊर्जाका परमेश्वर र देवीहरू छन्

तैपनि, सबैभन्दा महत्त्वपूर्ण आयामहरूको लागि कुनै भगवान वा देवी छैन ठाउँ र समय

जीवित प्राणीहरूको अस्तित्वको लागि, दुवै आयामहरू प्रधान छन् ।

हामीलाई याद छ

हामी जीवनका सबै नराम्रा घटनाहरू सम्झन्छौं
यस मामिलामा, मानिसहरू अझ राम्रो र विशेषज्ञ छन्
हाम्रा असल गुणहरू र सद्गुणहरू धेरै थोरैले देख्छन्
हामी आफैले पनि हाम्रा राम्रा सम्झनाहरू बिर्सियौं
पुरानो त्रासदीहरू सम्झँदा स्मृति बढी व्यस्त हुन्छ
मानिसहरूले अरूको ईर्ष्याको कदर पनि गर्दैनन्
त्यसैले, सफल छिमेकीहरूबाट जान्न र सिक्न कुनै जिज्ञासा छैन
तर अन्य मानिसहरूको गल्तीमा, हामी खुशी भयौं
नराम्रो समाचार धेरै छिटो र खुशीसाथ मानिसहरूले वितरण गरे
अरूको गुणहरू गफ गर्ने कुनै पनि व्यक्तिलाई कहिल्यै नदेखेको
मानव मन सधैं विगतका विसंगतिहरू फिर्ता ल्याउन इच्छुक हुन्छ
खराब कुराहरू छोड्नुहोस्, र खराब सम्झनाहरू, एक कठिन काम हो
सुख, शान्ति र सफलताको लागि खराब सम्झनाहरू मेटाउनु पर्छ ।

नि:शुल्क इच्छा

यदि हामी सचेत मन र स्वतन्त्र इच्छाले केही काम गर्छौं भने पनि
परिणाम वा परिणाम अनिश्चित छ र अपेक्षित रूपमा नहुन सक्छ
त्यसैले हिन्दू धर्म भन्छ कि कामको फलको आशा कहिल्यै नगर्नुहोस्
यसलाई स्वतन्त्र इच्छा र कुशलतापूर्वक भक्तिपूर्वक गर्नुहोस्
एक विशिष्ट परिणामको अपेक्षाले स्वतन्त्र इच्छा संकल्पलाई कमजोर बनाउँछ;
तपाईंले रूख रोप्नु अघि, फलको लागि प्रलोभन हुन सक्छ
तर रोप्ने इच्छा र इच्छा सचेत र स्वतन्त्र हुनुपर्छ
यदि तपाईं आँधीबेहरीको बारेमा धेरै सोच्नुहुन्छ जसले रोपनीलाई नष्ट गर्न सक्छ
तपाईंको आफ्नै अनिश्चित जीवनलाई ध्यानमा राख्दै, तपाईंको दिमाग खन्न बन्द गर्न बस्नेछ
पनि, स्वतन्त्र इच्छा पनि लुकेको अनिश्चितता द्वारा शासित छ
कहिले हामी यसलाई भाग्य भन्छौं, कहिले भाग्य भन्छौं
तर कार्य र काम बिना, तपाईं निश्चितताका साथ हार स्वीकार गर्नुहुन्छ ।

भोलि एउटा आशा मात्र हो

भोलि के हुनेछ कसैलाई थाहा छैन
यदि म जीवित छैन भने, केही अनुहारहरूले दुःख व्यक्त गर्नेछन्
अरूहरू शान्तिमा विश्राम भन्ने कुरामा अघि बढ्नेछन्
तपाईंको आफ्नै रगत बाहेक, कसैले पनि छुट्ने छैन
जीवनको वास्तविकता धेरै सरल र स्पष्ट छ
मर्न र बिदाइ गर्न नडराउनुहोस्
जीवनको अन्तिम वरदान धन होइन, तर मृत्यु हो
एक दिन मेरा सबै साथीहरू र परिचितहरू मर्नेछन्
तिनीहरूलाई सदाको लागि बचाउन, व्यर्थ तपाईंको प्रयास हुनेछ
जन्मको समयमा, सत्य थाहा पाउँदा, बच्चा रुन्छ ।

घटनाको क्षितिजमा जन्म र मृत्यु

मेरो जन्मदिन संसारमा कुनै घटना थिएन आकाशगंगाहरूको बारेमा कुरा नगर्नुहोस्

जन्म बुद्ध, येशू, मुहम्मद पनि जन्ममा घटना थिएनन्

मेरो मृत्यु पनि मेरो जन्म जत्तिकै महत्वहीन हुनेछ

न त आसाम, भारत, एशिया रोकिनेछ, न त अमेरिका सुस्त हुनेछ

डायना र ब्रिटिश क्राउन्सको मृत्युमा पनि संसार सामान्य रूपमा अगाडि बढ्छ

मेरो जन्मको लागि कुनै पछुतो छैन न त मृत्युको लागि पछुतो हुनेछ

समुद्रको ज्वारभाटा जस्तै, हामी आयौं, र हामी केही क्षण पछि जान्छौं

पदचिन्हहरू, पदचिन्हहरू प्रियजनहरूको दिमागमा मात्र रहन्छन्

जहाँ ती पर्यवेक्षकहरू पनि प्रस्थान गर्छन्, घटनाको क्षितिजमा कुनै अस्तित्व छैन

आशा नगर्नुहोस् कि क्वान्टम र समानान्तर ब्रह्माण्डले जीवनलाई राम्रो प्रतिनिधित्व दिनेछ

अन्तिम खेल

मैले बिग - ब्याङको सबैभन्दा ठूलो आवाज र चम्किलो प्रकाश सुनेँ

यो नयाँ जीवनको सुरुवात थियो, रोइरहेको बच्चाको जन्म

डबल स्लिट प्रयोग प्रमाणित गरे अनुसार पर्यवेक्षक महत्त्वपूर्ण छ

पर्यवेक्षकहरूको अस्तित्व बिना, नवजात शिशुको लागि, बिग - बैंग प्रासंगिक छैन

नवजात शिशुको जन्म आमाको लागि बिग - ब्याङ्ग जत्तिकै महत्त्वपूर्ण छ

'बच्चा मानिसको पिता हो' सबै ठाउँमा बढी लोकप्रिय छ बरु

बिग - बैंगलाई कुनै पर्यवेक्षक बिना कहिल्यै व्याख्या गरिएको हुने थिएन

प्रत्येक सिद्धान्त वा परिकल्पनाको लागि, त्यहाँ एक अवलोकन गर्ने बुबा हुनुपर्दछ

कुरा ऊर्जा रूपान्तरण र यसको विपरित होमो सेपियन्स आउनु अघि सुरु भयो

एक रूपबाट अर्कोमा रूपान्तरण प्रकृतिको अन्तिम खेल हो ।

समय, रहस्यमय भ्रम

विगत र भविष्य सधैं एक भ्रम हो
विगत भनेको समय कमजोर पार्नु बाहेक अरू केही होइन
भविष्य भनेको समयको अपेक्षा मात्र हो
वर्तमान समाधानको लागि मात्र हामीसँग छ
यदि हामीले कार्य गरेनौं भने, यो सूचना बिना नै हराउनेछ;
समयको कुनै गति हुँदैन, जब हामी विगतलाई हेर्छौं
यद्यपि विगतको डोमेन र इतिहास धेरै विशाल छ
हामी भविष्यमा हेर्न सक्दैनौं, त्यसैले त्यहाँ कसरी गति हुन सक्छ
वर्तमान क्षण हाम्रो हातमा मात्र छ, सधैं इष्टतम
विगत, वर्तमान र भविष्य हामी कण क्वान्टम मार्फत अवलोकन गर्छौं।

परमेश्वरले स्वेच्छाको प्रतिरोध गर्नुहुन्न

राष्ट्रको नाममा हत्या गर्नु, धर्मलाई अपराध वा पाप मानिँदैन

त्यसोभए धर्मको नाममा आत्महत्यालाई कसरी नराम्रो भन्न सकिन्छ

आत्महत्या गर्ने मानिस पापी हुन् भन्ने कुनै प्रमाण छैन

पीडा र दुःखबाट छुटकारा पाउनको लागि कसैको लागि आत्म - हत्या लाभदायक हुन सक्छ

जब येशूलाई क्रूसमा टाँगियो, उहाँले अज्ञानी मानिसहरूका लागि प्रार्थना गर्नुभयो

यदि तपाईंले संसार छोड्नुभयो भने, त्यहाँ समस्या हुनु हुँदैन

मृत्यु पछि, यो संसार मरेकाहरूका लागि अमूल्य छ

कहिलेकाँही मात्र, नजिकका र प्रियजनहरू दुःखी हुनेछन्

यदि आत्मरक्षाको लागि हत्या गर्नुलाई अपराध मानिदैन भने

पीडा र दुःखबाट बचाउनको लागि आत्मको हत्या ठीक हुनुपर्छ

हामी सुविधाको लागि विभिन्न यार्डस्टिक मार्फत मृत्यु नाप्न सक्दैनौं

यदि परिपक्व वयस्क स्वेच्छाले मर्छन् भने, परमेश्वरसँग प्रतिरोधको कुनै कारण छैन ।

राम्रो र नराम्रो

N इसेसिटी आविष्कारको जननी हो
हरेक आविष्कारको साथ, त्यहाँ सावधानी छ
हिँड्नु र दौडनु स्वास्थ्यको लागि राम्रो हुन्छ
जिमको माध्यमबाट, केही मानिसहरूले धन सृजना गरिरहेका छन्
साइकल छिटो सार्न सभ्यतामा आयो
यो दुई पाङ्ग्रामा कसरी सर्छ भनेर मानिसहरू छक्क परे
छोटो समय भित्र, साइकल आश्चर्यको रूपमा रहन सकेन
उन्नाइसौं शताब्दीको दौडान साइकल हुनु गर्वको कुरा थियो
अहिले, साइकललाई गरिब पुरुषहरूको सवारीको रूपमा लिइन्छ
मोटरसाइकल र मोटरसाइकलले साइकललाई पछाडि स्टेजमा धकेले
तर एक स्वस्थ सवारी साधनको रूपमा, यो स्थिति हो, साइकल अझै पनि व्यवस्थापन गर्दछ
कुनै इन्धन, कुनै प्रदूषण, कुनै पार्किङ स्थानहरू आवश्यक छैन
भीडभाड भएका ठाउँहरूमा, साइकललाई अब फेरि प्रोत्साहित गरिएको छ
शून्य कार्बन उत्सर्जनको साथ, यो मानवजातिको लागि ठूलो आविष्कार थियो
साइकलको अधिक प्रयोगले हावाको गुणस्तर सुधार गर्न मद्दत गर्नेछ
हल्का तौलको कारण प्लास्टिक राम्रो छ, र यो अटुट छ
तर प्रकृतिमा, प्लास्टिक र पोलिथिन बायोडिग्रेडेबल छैन
पोलिथिन र प्लास्टिकले प्राकृतिक जल निकायहरूलाई दयनीय बनायो
समुद्री जनावरहरूको पेटमा पोलिथिन फेला पार्नु भयानक छ

गिलास राम्रो छ तर बोक्नको लागि नाजुक र भारी छ

यसैले प्लास्टिकले सजिलै कथा चोर्न सक्छ

फास्ट फूड खराब छ, तर पोलिथिन बिना यो चल्न सक्दैन

प्लास्टिक, हवाईजहाज र कार उद्योग बिना कुनै आशा छैन

पोलिथिन र प्लास्टिकले हामीलाई COVID19 अवधिमा सस्तो पन्जा प्रदान गर्‍यो

अन्यथा, मृत्युले फरक रेकर्ड छुने थियो

हरेक आविष्कार र खोजको राम्रो र नराम्रो दुई पक्षहरू

न्यायपूर्ण दृष्टिकोण र इष्टतम प्रयोग अपरिहार्य आवश्यकता हो ।

मानिसहरूले थोरै कोटीहरू मात्र प्रशंसा गर्छन्

यदि तपाईं राम्रो गायक हुनुहुन्न भने कसैले तपाईंलाई चिन्ने छैन

तपाईं एक अभिनेता वा प्रदर्शन गर्ने कलाकार नभएसम्म, तपाईंलाई चिनिने छैन

जबसम्म तपाईं राजनीतिज्ञ हुनुहुन्न तबसम्म मानिसहरूले तपाईंको राम्रो विचार सुन्ने छैनन्

यदि तपाईं जादूगर हुनुहुन्छ भने केही मानिसहरू तपाईंलाई भेट्न जान्छन्

यदि तपाईंले परमेश्वरको, र धर्मको नाममा मानिसहरूलाई मूर्ख बनाउनुभयो भने पनि, तपाईं महान् हुनुहुन्छ

तपाईंले शर्त लगाएको कडा परिश्रम र इमानदारीको लागि कुनै मान्यता छैन

यदि तपाईं फुटबल वा क्रिकेट राम्रोसँग खेल्न सक्नुहुन्छ भने तपाईंको प्रशंसा हुनेछ

बोट राम्रा लेखकहरू र कविहरू, केही अध्ययनशील मानिसहरूले मात्र सम्झन्छन्

यदि तपाईंले आफ्नो सम्पूर्ण जीवन मानिसहरूका लागि काम गर्न बिताउनुभयो भने पनि, यसले शायद नै फरक पार्छ

तपाईं एक दिन छानाको कडा परिश्रम गर्ने मधुमक्खीहरू जस्तै मर्नुहुनेछ

कहिलेकाँही तपाईंलाई तपाईंको जीवनसाथीले पनि सम्झन सक्दैनन् ।

राम्रो भोलिका लागि प्रविधि

प्रविधि सधैं राम्रो भोलिको र भविष्यको लागि हो

धर्मको साथसाथै, प्रविधिले संस्कृतिलाई पनि आकार दिन्छ

धर्म, संस्कृति, प्रविधि र अर्थशास्त्र अब कोलोइडल मिश्रण हो

प्रविधि बिना, धेरै कमजोर सभ्यताको संरचना हुनेछ

मानवजातिको प्रगति अगाडि बढ्न असम्भव हुनेछ

तैपनि, प्रविधि सधैं दोहोरो धारको तरवार हो

केही वाक्यहरूको दोहोरो अर्थ हुन्छ, राम्रो वा नराम्रो, जब हामी शब्दको व्याख्या गर्छौं

बन्दुक, डायनामाइट, आणविक बम साबित प्रविधि खतरनाक हुन सक्छ

शासकहरू र राजाहरूले सधैं तिनीहरूलाई क्रोधित हुँदै दुरुपयोग गरे

तर्कसंगतता र बुद्धि, मानवले प्रविधिलाई सम्हाल्न सिक्नुपर्छ

तर अहिलेसम्म मानव डीएनएले अहंकार र झगडा गर्ने मानसिकता प्राप्त गरेको छ

अहंकार, ईर्ष्या, लोभ पूरा गर्न प्रविधिको प्रयोगले सभ्यतालाई पूर्ण रूपमा नष्ट गर्नेछ ।

कृत्रिम र प्राकृतिक बुद्धिमत्ताको फ्युजन

जैविक बुद्धिमत्तासँग आर्टिफिसियल इन्टेलिजेन्सको फ्युजन खतरनाक हुन सक्छ

मानवजातिको लागि, भविष्यमा AI द्वारा चेतना प्राप्त गर्दा गम्भीर परिणामहरू आउन सक्छन्

जैविक विविधताका लागि प्राकृतिक बुद्धिको संरक्षण बहुमूल्य छ

फ्युजन कृत्रिम र प्राकृतिक बुद्धिमत्ताले विकासको बाटो परिवर्तन गर्नेछ

विनाशको प्रक्रिया छिटो हुनेछ र त्यसपछि कुनै समाधान हुनेछैन;

कृत्रिम बुद्धिमत्ताले युद्ध, हिंसा वा असमानताहरू हटाउन सक्षम हुने छैन

बरु फ्युजनको प्रक्रियामा, कृत्रिम बुद्धिमत्ताले सबै खराब गुणहरू प्राप्त गर्नेछ

ईर्ष्या, घृणा, अहंकार र नकारात्मक मनोवृत्ति भएको रोबोट बहुमूल्य हुने छैन

AI को विभिन्न क्लोनहरू बीचको द्वन्द्वको अन्तिम परिणाम स्पष्ट छ

आणविक बमको प्रयोग सर्वोच्चताको दिनको क्रम बन्न सक्छ

कृपया कानुनी क्षमता मार्फत कृत्रिम र प्राकृतिक बुद्धिको फ्युजन रोक्नुहोस् ।

अर्कै ग्रहमा

तपाईंको जीवन साठी वर्षको उमेरमा सुरु हुन्छ, तर अर्कै ग्रहमा
तपाईंको तर्फ, पारिवारिक चुम्बक कमजोर बन्नुहोस्
गुरुत्वाकर्षण बल बलियो हुन्छ, त्यसैले तपाईं उच्च हाम फाल्न सक्नुहुन्न
जब तपाईं दौडनुहुन्छ, तपाईंको घाँटी चाँडै सुख्खा हुन्छ
रूखमा चढ्न र स्याउ उखेल्न, तपाईंले प्रयास गर्नु हुँदैन
कमजोर चुम्बकीय शक्तिको कारण, ऊर्जाको आवश्यकता कम हुन्छ
त्यसोभए, तपाईंको खानाको सेवन र उच्च क्यालोरी सामग्रीले
जब तपाईं कान र नाकका औंठी भएका जवान केटाहरूलाई भेट्नुहुन्छ
तपाईंको राम्रो पुरानो जवानीका दिनहरू, तपाईंको सम्झनाले
तपाईंको बुद्धि र राम्रो कथाहरू सुन्न कोही पनि इच्छुक छैन
तपाईंको नोटबुकमा, तपाईं आफ्नो मीठो सम्झनाहरू लेख्न थाल्नुहुन्छ
तपाईंको फेसबुक प्रोफाइल तपाईंको साथीहरूले मात्र भ्रमण गर्नेछन्
किनभने तपाईं जस्तै, तिनीहरूले पनि उस्तै प्रवृत्तिहरूको सामना गरिरहेका छन्
तपाईं बस्ने ग्रह, साठी वर्षपछि फरक हुन्छ
कुनै पनि हिसाबले तुलना नगर्नुहोस्, बीस वर्षको उमेरमा तपाईंको जीवनसँग, त्यहाँ कुनै समानता छैन ।

विनाशकारी प्रवृत्ति

विनाशकारी प्रवृत्तिले भरिएको मानव मनलाई भीख माग्नबाट
नजिकैको कुल वा जनजातिहरूलाई नष्ट गर्नु र मार्नु अस्तित्वको रणनीति
थियो
आक्रमणकारी सेनाले सँधै विनाशलाई अधिकतम बनाउने प्रयास गरे
ताकि पराजित व्यक्तिहरू भोकमरीबाट समयमै मर्छन्
युद्ध, हत्या, दासत्व मानव सभ्यताको अंश र पार्सल थिए;
छिमेकीहरू भन्दा बढी शक्तिशाली बन्नु अझै सामान्य छ
श्रेष्ठता परिसरको अहंकारले सधैं युद्धको विष छोड्छ
यद्यपि मानव दिमागले एआई सिर्जना गर्न पर्याप्त प्रगति गर्‍यो
तिनीहरू अझै पनि विनाशकारी मानसिकतालाई अलविदा भन्न असमर्थ
छन्
उही मानसिकता, एक दिन, तिनीहरूको सृष्टि AI ले प्रयास गर्नेछ
मानव सभ्यता, सदाको लागि, यस ग्रहबाट मर्नेछ.

मोटा मानिसहरू जवान भएर मर्छन्

सुमो पहलवानहरू लामो समयसम्म बाँच्दैनन् किनभने तिनीहरू भारी हुन्छन्

ठूला ताराहरू पनि धेरै लामो समयसम्म बाँच्न सक्दैनन् किनकि तिनीहरू भारी हुन्छन्

तिनीहरूको आफ्नै गुरुत्वाकर्षण बलले भित्रीतर्फ तानेर

गुरुत्वाकर्षण पतनले फ्युजन प्रज्वलित गर्न इन्टरस्टेलर पदार्थलाई बल दिन्छ

अब केही वैज्ञानिकहरू भन्छन्, ब्रह्माण्ड भ्रम बाहेक केही छैन

जीवित प्राणीहरू किन र कुन उद्देश्यका लागि आए, कुनै समाधान छैन

परमेश्वर कण र परमेश्वर समीकरण अझै टाढाको सपना हो

परमेश्वर हुनुहुन्छ भने पनि परमेश्वरलाई पत्ता लगाउनु धेरै पातलो छ

हाम्रो अस्तित्व कुनै चीजको लागि आयो वा केही पनि छैन मात्र सम्भावना हो

राम्रो कुरा यो हो कि, मौलिक शक्तिहरूले पक्षपात गर्दैनन् ।

मल्टिटास्किङ उपचार होइन

स्मार्टफोनले यति धेरै गतिविधिहरू गर्न सक्छ, तैपनि यो जीवित कुरा होइन

रूखले प्रकाश संश्लेषण भनिने एउटा मात्र काम गर्न सक्छ, तर यो जीवित प्राणी हो

मल्टि - टास्किंगले मात्र कसैलाई वा कुनै कुरालाई अस्तित्वको लागि उत्कृष्ट बनाउन सक्दैन

रूख खाना र अक्सिजनको एकमात्र स्रोत हो, तर रूखहरू काट्ने बिरूद्ध, कुनै प्रतिरोध छैन

कृषि र आवासीय उद्देश्यका लागि प्रत्येक वर्ष लाखौं रूखहरू काट्ने गरिन्थ्यो

तर खाना उत्पादन गर्न क्लोरोफिलको वैकल्पिक स्रोत, वैज्ञानिकहरूले प्रस्ताव गरेनन्

सेमिनार र कार्यशालाहरूमा, रूख काट्ने समस्या चतुराईका साथ

नतिजाको रूपमा, अधिक र अधिक प्रकोपहरू, प्रकृतिले बिस्तारै

ग्लोबल वार्मिंगले न त स्मार्ट फोन वा कृत्रिम बुद्धिमत्ता घटाउन सक्छ

नष्ट भएको वन, अधिक र अधिक बिरुवाहरू पुनःपूर्ति गर्न, मानवले उत्पादन गर्नुपर्छ ।

अमर मानिस

जनावरहरूले महसुस गर्दैनन् र महसुस गर्दैनन् कि तिनीहरू नश्वर छन्
तिनीहरूको वृत्ति यति जनावरको वृत्ति हो, अंगहरूलाई सन्तुष्ट पार्न
धेरै मानिसहरूलाई तिनीहरू नश्वर छन् भनेर पनि थाहा छैन
त्यसकारण मानिसहरू लोभी, भ्रष्ट र युद्ध गर्ने हुन्छन्
सामाजिक रूपमा बाँच्ने आधारभूत उद्देश्य अब कमजोर भएको छ
भोकले मर्ने मानिसहरू अहिले कम छन्
अधिक र अधिक मानिसहरू अब हिंसा र युद्धको लागि मरिरहेका छन्
मानौं, आधारभूत लडाई प्रवृत्तिमा, सर्वोच्च जनावरले पनि आत्मसमर्पण गर्छ
कुकुर र बिरालोहरू जस्तै, मानिसहरू पनि छिमेकीप्रति असहिष्णु भइरहेका छन्
जबसम्म मानिसहरूले उहाँ नश्वर हुनुहुन्छ भनेर बुझ्दैनन्, र सीमित समयको लागि संसारमा
उहाँ सधैं स्वार्थी, लोभी रहनुहुनेछ र उहाँको लागि अपराध ठीक छ
हुक वा ठग द्वारा, मानिसले हजारौं वर्षसम्म धन प्राप्त गर्ने प्रयास गर्दछ
उनले आफ्नो शारीरिक शरीरको रक्षा गर्न पनि धेरै प्रयास गरे, किनकि यो धेरै प्रिय छ
जब उहाँ मर्दै हुनुहुन्छ, त्यो क्षणमा पनि, धेरैजसो मानिसहरूले सत्य महसुस गर्दैनन्
मधुमक्खीको मौरी जस्तै, ऊ खस्छ र अरूको खानाको लागि मह छोड्दै मर्छ ।

अनौठो आयाम

समय आयाम साँच्चै अनौठो छ
सापेक्षता मात्र परिवर्तन गर्न सक्षम छ
निष्क्रिय र असफलसँग समय हुँदैन
सफलको लागि, चौबीस घण्टा ठीक छ
जो सोच्छन् कि तिनीहरू कहिल्यै मर्दैनन्, सधैं अभावमा
तर कसले सोच्छ, म आज राती मर्न सक्छु तिनीहरूको भण्डारमा धेरै छ
समयले धनी र गरिब बीच कहिल्यै भेदभाव गर्दैन
जाति, सम्प्रदाय, धर्मले समयको मूलमा केही फरक पार्दैन
सबैको लागि, समयको गति बराबर र समान हुन्छ
आफ्नो पदचिह्न समयमै राख्नको लागि, कसैले समयमै खेल खेल्नु पर्छ ।

जीवन निरन्तर संघर्ष हो

जीवन सधैं संघर्षको निरन्तर मार्ग हो
हरेक क्षण हामी समस्याको सामना गर्न बाध्य हुन्छौं
बाधाहरू सानो, ठूलो वा डरलाग्दो हुन सक्छ
दबाबमा, अडिग रहनुहोस् र बकसुआ नगर्नुहोस्
यदि तपाईंले लड्न छोड्नुभयो भने, तपाईं फोहोर बन्नुहुनेछ
जब आवश्यक हुन्छ, पछाडि सार्नुहोस् र ड्रिबल गर्नुहोस्
अर्को क्षण, तपाईंले आफ्नो प्रगति देखिने देख्नुहुनेछ
साहसका साथ हरेक समस्याको सामना गर्नुहोस्, तर नम्र हुनुहोस्
आत्मविश्वासको साथ, समस्यालाई हटाउने क्षमता दोब्बर हुनेछ
कहिल्यै नबिर्सनुहोस्, जीवन हावाको बुलबुले जस्तै धेरै छोटो छ ।

उच्च र उच्च उडान गर्नुहोस्, वास्तविकता महसुस गर्नुहोस्

जब हामी आकाश माथिबाट हेर्छौं
ठूला घरहरू साना र साना हुन्छन्
मानिसहरू जीवाणुहरू जस्तै अदृश्य हुन्छन्
तर तिनीहरू अवस्थित छन् जस्तो यो छ, जब हामी उडान गर्न थाल्छौं
हामी अझै पनि शक्तिशाली टेलिस्कोप प्रयोग गर्नेहरू देख्न सक्छौं
केवल हाम्रो स्थान अन्तरिक्ष यानबाट सापेक्ष छ
उच्च उचाइबाट चीजहरू बेवास्ता गर्नु मनको लागि सजिलो छ
आफ्नो दिमागलाई उच्च तहमा विस्तार गर्नुहोस्, यसलाई विस्तार गर्नुहोस्
साना र क्षुद्र चीजहरू जुन तपाईंले कहिल्यै भेट्नुहुने छैन
नकारात्मक मानिसहरू, कहिल्यै अभिवादन गर्न आउनेछैनन्
विस्तारित र सशक्त दिमागको साथ मात्र उड्नुहोस्
र अमृतलाई फूलबाट फूलको प्रयासमा सङ्कलन गर्न
गुलाब, चमेली र अधिकको सुगन्धको आनन्द लिनुहोस्
एक दिन, अन्यथा, तपाईं सबै कुरा भण्डारमा राखेर मर्नुहुनेछ
त्यसोभए, किन उड्नु र उड्नु र महको आनन्द लिनु हुँदैन, संसार तपाईंको हो ।

जीवनमा सामना गर्न

जीवनमा सामना गर्न, कपालको खैरोपन पर्याप्त छैन
ज्येष्ठ नागरिकहरूको लागि, आधुनिक प्रविधि कठिन छ
आजको प्रविधि भोलिपल्टै पुरानो हुन्छ
अर्को महिना के हुन्छ, प्रविधिविद्ले पनि भन्न सक्दैनन्
मानव मस्तिष्कमा डाटा अवशोषित गर्ने र कायम राख्ने सीमित क्षमता छ
मानव डीएनएमा ज्ञान विकासवादी श्रृंखला मार्फत आउँछ
रोबोट जस्तै, मानव मस्तिष्कमा बुद्धिमत्ता स्थापना गर्न सकिँदैन
धेरै समय र धैर्य चाहिन्छ, बच्चालाई राम्रोसँग तालिम दिन
यदि कृत्रिम बुद्धिमत्ता चेतना र भावनासँग जोडिएको छ भने
जैविक सुधार र विकासको कुनै उद्देश्य हुनेछैन
यसले मानव मस्तिष्कको ढिलो क्षय र मानवजातिको गिरावट निम्त्याउन सक्छ
मानव जीवनलाई थप सहज बनाउन, AI उत्तम समाधान नहुन सक्छ ।

के हामी परमाणुहरूको थुप्रो मात्र हौं?

के हामी प्रोटोन, न्यूट्रन, इलेक्ट्रोन, र केही प्राथमिक कणहरूको ढेर हौं?

के चट्टानहरू, समुद्रहरू, महासागरहरू, बादलहरू, रूखहरू र अन्य जनावरहरू पनि

त्यसोभए किन केही ढेरहरूलाई श्वासप्रश्वास, जीवन र चेतना दिइन्छ

परमाणुहरूको एउटै संयोजनमा, केही जीवन निर्दोष र केही खतरनाक छन्;

कुनै उत्तर छैन, या त परमेश्वरको कणबाट, वा डबल स्लिट प्रयोगबाट

अरबौं माइलले अलग गरे पनि दुई कणहरू किन र कसरी फसेका छन्

के हामी केवल परमाणुको संयोजनको संचयी प्रभावहरू मात्र अवलोकन गर्दैछौं?

तर अझै पनि, हामी अन्धकारमा हिंडिरहेका छौं, आधारभूत प्रश्नको सम्बन्धमा

सर्वशक्तिमानलाई विज्ञानद्वारा बन्दी बनाउन र निर्वासित गर्न सकिन्छ, केवल जब तिनीहरूले हामीलाई उत्तम समाधान दिन्छन् ।

समय अस्तित्व बिनाको क्षय वा प्रगति हो

समय केही होइन, तर क्षय वा प्रगतिको निरन्तर प्रक्रिया हो
आफैमा, समयको कुनै अस्तित्व छैन, न त कुनै पनि समयले
समय विगतदेखि वर्तमानसम्म भविष्यमा बग्ने नहुन सक्छ
समयलाई यसरी बुझ्नु भनेको हाम्रो दिमागको प्रकृति हो
तीन सय वर्ष बितिसकेपछि पनि कछुवालाई विगत थाहा छैन
भविष्यको लागि, दुई सय वर्ष पुरानो ह्वेलले कहिल्यै ट्रस्टको योजना वा गठन गर्दैन
समय मापन एक सापेक्ष प्रक्रिया हो, क्षयको ढिलो प्रक्रिया पहिचान गर्न
तर लाखौं वर्षसम्म पहाड र महासागरहरू दृढतापूर्वक
मानव मस्तिष्कले सय बीस वर्ष पछि समय बुझ्न सक्दैन
समय बगिरहेको छैन, तर सड्नको लागि, हाम्रो दिमाग मात्र डराउँछ: आज जयजयकार गरौं ।

फिरऊनका

मिश्रका फिरऊनहरू बुद्धिमान र यथार्थवादी थिए
उनीहरूलाई राम्रोसँग थाहा थियो कि कुनै पनि क्षण जीवन स्थिर हुन सक्छ
फिरऊनले राज्याभिषेक पछि तुरुन्तै पिरामिड निर्माण गर्न थाले
तिनीहरूका लागि अमर बन्न खोज्नु व्यावहारिक समाधान होइन
तिनीहरूले कहिल्यै आशा गर्दैनन् कि प्रिय व्यक्तिले स्मारक निर्माण गर्नेछ
जीवनकालमा आफ्नै चिहान निर्माण गर्नु बढी सान्दर्भिक छ
भारतमा पनि, पुरातन समयमा, वृद्ध मानिसहरू मृत्युको स्वागत गर्न हिमालय जान्छन्
महाभारत युद्ध जितेपछि, पाण्डवहरूले त्यही बाटो पछ्याए
धेरै ऋषिहरूले अमर हुन विभिन्न युक्तिहरू र साधनहरू प्रयास गरे
तर वास्तविकता बुझे, मृत्यु अन्तिम सत्य हो, र तर्कसंगत व्यवहार गर्‍यो ।

एक्लो ग्रह

हाम्रो प्यारो पृथ्वी सौर्यमण्डलको एकान्त ग्रह हो
अक्सिजनको साथ बसोबास र जैविक जीवनको लागि उपयुक्त
लाखौं वर्षको विकासले हामीलाई चेतनाको साथ मानव बनायो
तर एक्लो ग्रहमा, मानिसहरूको लागि त्यहाँ एक्लोपन छ
पृथ्वीमा आठ अर्ब जीवित होमो सेपियन्स हुन सक्छन्
धनी र स्मार्ट बनेपछि पनि व्यक्तिहरू आफ्नो जीवनमा एक्लो हुन्छन्
हामी सँधै दाबी गर्ने सामाजिक जनावर हौं, तर वास्तवमा स्वार्थ भनेको खेल हो
लोभ, अहंकार र मनको श्रेष्ठता जटिलले हामीलाई एक्लो बनायो
सबैलाई यो पनि थाहा छ कि उनीहरूले मात्र अन्तिम यात्रा गर्नुपर्नेछ ।

हामीलाई युद्ध किन आवश्यक छ?

आधुनिक समयमा हामीलाई युद्ध किन आवश्यक छ
साम्यवाद लगभग मरिसकेको छ
जातीय भेदभाव सुस्त हुँदै गइरहेको छ
प्रदूषण र प्रकृतिको विनाश शिखरमा छ
प्रविधिले सबै जात र धर्मका मानिसहरूलाई जोड्दैछ
तर विनाशकारी मानसिकताका कारण, सभ्यताको भविष्य अन्धकारमय छ
न्यानोपनको मानव डीएनए, सधैं नेतृत्व लिन्छ
मानव शरीरमा शान्ति ल्याउने डीएनए धेरै कमजोर छ
न त परमेश्वर न त विज्ञानले युद्ध र हत्या रोक्न सफल भयो
विकसित देशहरू अझै पनि हतियार बिक्रीमा व्यस्त छन्
गरिब र मूर्ख राष्ट्रहरू युद्धको मैदान बन्छन्
हरेक क्षण आणविक बमको सबैभन्दा ठूलो घाउ हुने डर हुन्छ ।

स्थायी विश्व शान्ति त्याग्नुहोस्

हजारौं वर्ष पहिले उहाँले हामीलाई अहिंसा सिकाउनुभयो
उनले शान्ति र मौनताको महत्त्व बुझे
तर बुद्धको अनुयायी भएकोले, हामीले हिंसा जारी राख्यौं
येशूले हत्या र क्रूरता रोक्न आफ्नो जीवन बलिदान गर्नुभयो
उहाँका शिक्षाहरू पनि अब चुपचाप हाम्रा मूल्यहरूबाट हटाइएका छन्
प्रविधिले पनि मानिसहरूलाई स्थायी रूपमा एकीकृत गर्न असफल भयो
स्थायी शान्ति र भाइचारा अझै टाढाको सपना हो
जाति, जाति र धर्मको लागि हिंसा सुरु गर्न सबै उत्सुक छन्
क्वान्टम उलझनले व्याख्या गर्न असफल भयो, घृणा, लोभ, ईर्ष्या र अहंकार
जबसम्म प्रविधिबाट समाधान आउँदैन, स्थायी शान्ति संसार त्याग्नु पर्छ ।

छुटेको लिङ्क

तपाईं केक खान सक्नुहुन्न र यो पनि खान सक्नुहुन्छ
यो प्रकृतिको नियम विरुद्ध छ
न त तपाईं आफ्नो विगत र भविष्यमा जान सक्नुहुन्छ
परमेश्वर र डार्विन दुवैलाई विश्वास गर्नु कपट हो
दुवै परिकल्पना सत्य हुन सक्दैन हामी सबैलाई थाहा छ
तैपनि, तार्किक निष्कर्षमा प्रश्नको जवाफ दिन, हामी ढिलो छौं
मानिसहरूले सुविधा अनुसार दुवै परिकल्पनाको व्याख्या गर्छन्
तर यस्तो परिकल्पना कहिल्यै सत्य वा विज्ञान हुन सक्दैन
डार्विनका हराएका लिंकहरू अझै हराइरहेका छन्
त्यसकारण अधिकांश मानिसहरू परमेश्वरलाई प्रार्थना गर्छन् र आशीर्वाद खोज्छन् ।

परमेश्वर समीकरण पर्याप्त छैन

बाकसमा मर्नुको सट्टा, बिरालो बिरालोको बच्चा लिएर बाहिर आयो
कसैले पनि उनको गर्भावस्थाको बारेमा बिरालोलाई ध्यान दिएन वा परीक्षण गरेन
श्रोडिंगरले मिनेट अवलोकन नगरी बिरालोलाई बक्समा राखे
भविष्यवाणीहरूको बारेमा अनिश्चितता अझ जटिल छ
बिरालो मरेको छ वा जीवित छ भन्ने मात्र प्रश्न होइन
क्वान्टम फिजिक्सले धेरै विचार र समाधान दिनुपर्छ
बिरालोले धेरै बच्चाहरूलाई जन्म दिन सक्थ्यो
बाकस खोल्ने समयमा थोरै मरेका र केही जीवित
परमेश्वर समीकरण र परमेश्वर कणको जवाफ पर्याप्त छैन
ब्रह्माण्डको अस्तित्वको प्रश्न समाधान गर्न धेरै गाह्रो छ ।

महिलाको समानता

तिनीहरूले आनन्दको नाममा एक्ली महिलालाई क्रूर बनाउँछन्
कहिले तीन, कहिले चार र कहिले बढी
फेम फेटेललाई कुल्चने सबैभन्दा खराब तरिकामा जनावरको वृत्ति
पैसाको लागि, नागरिक स्वतन्त्रताको नाममा, महिलाको आत्मा नष्ट हुन्छ
र तिनीहरूले मानवता र सभ्यताको मशाल बोक्ने दाबी गरे
जनताको सोच प्रक्रियामा कुनै तर्कसंगतता र आधुनिकता छैन
श्रेष्ठता जटिल, अहंकार र स्वतन्त्र इच्छा अन्तर्गत सबै कुराको औचित्य प्रमाणित गर्नुहोस्
र आफ्नो क्षेत्र र संस्कृतिमा महिलाहरूको समानता दावी गर्दछ
एक पटक तपाईंले पर्दा उठाउनु भएपछि, तपाईं महिला तस्करीको घाँटीको सत्य देख्न सक्नुहुन्छ
पशु प्रवृत्ति, क्रूरता, अमानवीय उपचारको लागि शोषण आँखा चिम्लिरहेको छ ।

अनन्त

इन्फिनिटी माइनस इन्फिनिटी शून्य होइन, तर इन्फिनिटी हो

अनन्त शब्द मानवजातिको लागि अनौठो शब्द हो

अनन्तको अवधारणा केवल होमो सेपियन्समा सीमित छ

अन्य सबै जीवित प्राणीहरू अनन्त ब्रह्माण्डको बारेमा चिन्तित छैनन्

मानिसहरूमा अनन्तताको अवधारणा विविध छन्

संख्याहरूको गणना अनन्ततामा समाप्त हुन्छ, किनकि हाम्रो मस्तिष्कले बुझ्न सकेन

तर आकाशगंगाहरू र ताराहरूका लागि अनन्तको अर्थ

सीमाभन्दा बाहिर, हाम्रो मस्तिष्क र वैज्ञानिकहरूले पत्ता लगाउन सक्दैनन्

जब परमेश्वरको अवधारणा आउँछ, अनन्तताको एकवचन आधार हुन्छ

अनन्तता बिना, गणित र भौतिकशास्त्र थ्रेसमा जान्छन् ।

मिल्की वे भन्दा बाहिर

ब्रह्माण्ड वा ब्रह्माण्ड मानव मस्तिष्कको बुझाइभन्दा कति ठूलो छ

गति, समयका अवरोधहरूले हामीलाई हाम्रो स्थानीय क्षेत्र मिल्की वे आकाशगंगा भित्र राख्नेछ

मिल्की वे पनि यति विशाल छ कि यसका सबै नुक्कहरू र कुनाहरू अन्वेषण गर्न असम्भव हुनेछ

विज्ञान र कृत्रिम बुद्धिमत्ताद्वारा मानव जीवनको अनैतिकता पनि छोटो हुनेछ

सर्वेक्षण र यात्रा पूरा गर्नु अघि, हाम्रो सूर्य नै धमिलो हुनेछ र सदाको लागि मर्नेछ

समय आयामको साथ दूधिया आकाशगंगा भन्दा पर अन्वेषण गर्ने प्रयास गर्नु बेतुका कुरा हो

त्यसो गर्नको लागि, हाम्रो जीवन ठाउँ र समयको दायरा बाहिर हुनुपर्छ

पदार्थ र आकाशगंगाहरूको यो अनन्त अस्तित्व कसरी आयो यो अनौठो खेल हो

हामी अझै पनि ब्रह्माण्डको अँध्यारो पदार्थ र यो कसरी आयो भन्ने बारे अन्धकारमा छौं

खगोल विज्ञानको यात्रा र मिल्की वे a को अन्वेषण असीमित लामो हुनेछ ।

सान्त्वना पुरस्कारको साथ खुशी हुनुहोस् र अगाडि बढ्नुहोस्

केही पनि थिएन, केही पनि छैन, र केही पनि मेरो नियन्त्रणमा हुनेछैन
तैपनि, म सँधै एकीकरण पुरस्कारबाट सन्तुष्ट थिएँ
हरेक पटक म ठूलो गिरावट पछि पनि बारम्बार खडा हुन्छु
मलाई ट्र्याकमा राख्न राजा वा सँगी साथीहरूबाट कहिल्यै मद्दत मागेनन्
मलाई आफू र मेरो क्षमताहरूमा मात्र भरोसा छ
धेरै मानिसहरूले मलाई बारम्बार तल झार्ने प्रयास गरे
म तिनीहरूमाथि हाँसेँ, किनकि तिनीहरूको प्रयास व्यर्थ हुनेछ
तिनीहरूको इच्छा र प्रयासहरूमा, तिनीहरूको पनि कहिल्यै नियन्त्रण हुँदैन
जब तिनीहरूले आफ्नो जीवनलाई अर्थपूर्ण र महान बनाउन सकेनन्
तिनीहरूले मेरो वर्तमान र भविष्यका गतिविधिहरूमा कसरी बाधा पुऱ्याउन सक्छन्
तिनीहरू आफ्नो जीवनको बहुमूल्य समय बर्बाद गर्न पाउँदा खुसी छन्
गपशप र खुट्टा तान्नु बेकारको चक्कु जस्तै निष्क्रिय पुरुषहरूको साथी हो ।

COVID19 बकसुआ गर्न असफल भयो

COVID19 ले मानव सभ्यता र आत्मालाई रोक्न सकेन

तसर्थ, चाँडै मानिसहरूले मानवजातिले सामना गरेको प्रकोप बिर्सिए

अब कसैले पनि अचानक आफ्नो जीवन गुमाउनेहरूलाई सम्झँदैनन्

मानिसहरू फेरि आफ्नो दैनिक जीवनमा धेरै व्यस्त छन्, पछाडि फर्केर हेर्ने समय छैन

मानिसको लोभ, अहंकार, घृणा र ईर्ष्या जस्तो छ त्यस्तै रह्यो

समाज वा मानिसहरूको समूहको रूपमा कुनै साधारण पाठ सिकिएको छैन

मानिसहरूको यो मानसिकता साँच्चै अनौठो र अचम्मको छ

राम्रो कुरा यो हो कि कार्यक्रम बिना कुनै अवरोध चलिरहेको छ

सबैभन्दा खराब प्रकोपमा बाँच्नको लागि, मानवताका लागि, यो उत्तम समाधान हो

सभ्यतालाई प्राकृतिक छनौटको नियमको पालना गर्न अगाडि बढ्न दिनुहोस् ।

मानसिकता कमजोर नहुनुहोस्

तपाईं बैंक ब्यालेन्सको गरिब हुन सक्नुहुन्छ, तर दिमागको गरिब कहिल्यै नहुनुहोस्

कुनै पनि क्षण, जहाँ पनि धन र पैसा, तपाईं सजिलै पाउन सक्नुहुन्छ

सफलताको सिँढी चढ्नको लागि मनोवृत्ति सबैभन्दा महत्त्वपूर्ण कुरा हो

चढेपछि हरेक प्लेटफर्ममा, तपाईंले पूर्ण बक्सहरूमा कच्चा हीराहरू भेट्टाउनुहुनेछ

परी कथाहरू जस्तै वास्तविक जीवनमा कुनै जादुई बत्ती छैन, तपाईंले कच्चा हीरा काट्नु पर्छ

भर्याङको अर्को प्लेटफर्ममा, हीराको पोलिसिङ गर्नुपर्छ

यदि तपाईंको मनोवृत्ति नकारात्मक छ भने, तपाईं कहिल्यै उच्च उचाइमा चढ्न सक्नुहुन्न

तपाईं हिमालयको तल्लो भागमा बेसहाराको रूपमा रहनुहुनेछ

जब तपाईंका साथीहरू र छिमेकीहरू सफल हुन्छन्, तपाईं छक्क पर्नुहुनेछ

तर गहिरो समुद्रबाट मोतीहरू सङ्कलन गर्दा तिनीहरूको पीडा, कसैले बुझेनन् ।

ठूलो सोच्नुहोस् र यो गर्नुहोस्

जब तपाईं सोच्नुहुन्छ, ठूलो सोच्नुहोस् र यो गर्नुहोस्

विचार खान्छ, विचार पिउँछ, विचारको सपना देख्छ

कुनै पनि कुराले तपाईंलाई आफ्नो विचारलाई वास्तविकता बनाउनबाट रोक्न सक्दैन

समर्पणका साथ कडा परिश्रम गर्नुहोस् र आफ्नो विचारमा दृढतापूर्वक खडा हुनुहोस्

आफ्नो भव्य विचार र योजना बनाएर सुत्नुहोस्

बिहान नयाँ बाटो र समस्याहरूको समाधान आउनेछ

हरेक चौराहेमा, शंका र भ्रम हुन सक्छ

तर लगनशीलताले तपाईंले चाँडै समाधान भेट्टाउनुहुनेछ

आलोचनाको सामना गर्दै आफ्नो जङ्गली सपना र विचारलाई नत्याग्नुहोस्

तपाईं सफल हुनु अघि र शीर्षमा पुग्नु अघि, तपाईं सँधै सनकवादबाट निराश हुनुहुनेछ ।

मस्तिष्क एक्लै पर्याप्त छैन

बुद्धिमत्ता र चेतनाको लागि मस्तिष्क आवश्यक छ
तर भावना र बुद्धि हुनको लागि मस्तिष्क मात्र पर्याप्त छैन
प्रेम, घृणा, ईर्ष्याको समयमा उत्सर्जित न्यूरोन्स जटिल छ
मन र मस्तिष्कको उलझन सधैं धेरै जटिल हुन्छ
सबै स्तनधारीहरूसँग विभिन्न अर्डर र स्तरको बुद्धिमत्ता हुन्छ
होमो सेपियन्स भन्दा बढी केही कार्यहरूमा, अन्य जनावरहरू उत्कृष्ट हुन सक्छन्
प्रत्येक पशु साम्राज्यले बताउनु पर्ने श्रेष्ठताको फरक कथा
यो राम्रो छ कि स्वर्गको बारेमा चेतना, जनावरहरूले भन्न सक्दैनन्
यसको मतलब यो होइन, मानिस बाहेक, सबै नरकमा जान्छन्
मानिसहरूलाई मात्र, काल्पनिक र छल बेच्न धेरै सजिलो छ ।

गणना र गणित

मानिसहरूलाई एउटा स्याउ र दुई स्याउ खानुको फरक थाहा थियो
संख्यात्मक क्षमताको अवधारणा DNA सँग सम्बन्धित छ
गणित पत्ता लाग्नु अघि मस्तिष्कले संख्याहरू बुझ्न सक्छ
जनावरहरू र चराहरूले पनि आफ्नो मस्तिष्कमा संख्याहरू कल्पना गर्न सक्थे
प्रेरित बुद्धिमत्ता, आधुनिक गणित आजकल ट्रेन
गणितको खोज मानव सभ्यताको लागि एक विशाल छलांग हो
गणित बिना, अरबौं समस्याहरूको कुनै समाधान हुनेछैन
मानव बुद्धिमत्ताको लागि संख्यात्मक र भाषा क्षमताहरू कोर
प्रगति र सफलताको लागि, यी दुई घटकहरूको महत्त्व छ
भावनात्मक बुद्धिमत्ता पनि मानव जीनमा निहित छ
अनुभव र वातावरणले बुद्धिमत्ता, भावनाहरूलाई बलियो र सफा बनाउँछ
।

स्मृति पर्याप्त छैन

तथ्यहरू र तथ्याङ्कहरू सम्झनु र एक्लै पुनरुत्पादन गर्नु बुद्धिमत्ता होइन

ज्ञान आफैमा शक्ति होइन तर शक्तिको लागि हतियार मात्र हो

कल्पना र नवीनता स्मृति र ज्ञान भन्दा बढी महत्त्वपूर्ण छन्

आर्टिफिसियल इन्टेलिजेन्समा हामीले स्वीकार्नुपर्छ र स्वीकार गर्नुपर्छ भन्ने राम्रो मेमोरी छ

तैपनि कृत्रिम बुद्धिमत्ता (AI) को लागि मानिसहरूलाई नवीनता र आविष्कारमा हराउन गाह्रो हुनेछ

हामीसँग कल्पना, भावना र बुद्धि छ जुन एआई अझै पनि अभाव छ

आविष्कार र नवीनताको दौडमा, मानिसहरूलाई डीएनए समर्थन छ

कम्प्युटर र ChatGPT को युगमा, कालो बाकस र सीमा भन्दा बाहिर सोच्नुहोस्

तपाईंको कल्पना र बुद्धि तपाईंको लागि अद्वितीय छ र यसलाई पखेटा दिनुहोस्

AI र कम्प्युटरसँगको लडाईमा, मानिसहरूले औंठीमा सफलता प्राप्त गर्नेछन् ।

तपाईंले धेरै दिनुहुन्छ, तपाईंले धेरै पाउनुहुन्छ

अधिक तपाईंले असहायहरूलाई दिनुहुन्छ, अधिक तपाईंले प्राप्त गर्नुहुन्छ
उदारता भनेको उच्च क्रम र महानताको मानवीय मूल्य हो
आकर्षणको नियमले तपाईंको नेट - वर्थलाई तल जान दिँदैन
न्युटनको चालको तेस्रो नियम जीवनको हरेक क्षेत्रका लागि सत्य हो
प्रकृतिको नियम अवरोधमुक्त पानीको पाइप जस्तै बग्छ
असल कामको फल पकाउन अलि बढी समय लाग्न सक्छ
तर निश्चित हुनुहोस्, यो एक दिन आउनेछ, फरक प्रकारको हुन सक्छ
जब तपाईं स्याउको रूख रोप्नुहुन्छ, प्रकृतिले ब्ल्याकबेरी दिँदैन
यो फल, तपाईं परिवर्तन गर्न सक्नुहुन्न, यो प्रकृतिको आफ्नै क्षेत्र हो
राम्रो नयाँ संसारको लागि, राम्रो गुणहरूको साथ, सधैं एकजुटता देखाउनुहोस् ।

जान दिनुहोस् र बिर्सनु पनि उत्तिकै महत्त्वपूर्ण छ

जीवन शरीर र मनको धेरै यातनाको एकीकरण हो

DND को हाम्रो लडाईको भावनाको कारण, हामी जहिले पनि

यातनाहरूले हाम्रो शरीर र आत्मालाई इस्पातको फोर्जिंग जस्तै बलियो बनायो

धेरैजसो चोटपटक, सजिलैसँग हाम्रो लचिलोपन प्रणाली निको हुन सक्छ

मनको उपचार गाह्रो हुन सक्छ, तैपनि समय र परिस्थिति सार्न बाध्य

जीवनको सबैभन्दा कठिन समस्या पनि, समयले एक दिन समाधान गर्न सक्छ

हाम्रो आत्मालाई सन्तुलनमा राख्नको लागि बिर्सनु राम्रो गुण हो

वाटरटाइट मेमोरीमा, हाम्रो जीवन जेल र नरक बन्नेछ

जीवनको अपमान र यातना बिर्सनु, छोड्नु महत्त्वपूर्ण छ

कृत्रिम बुद्धिमत्ता जस्तै स्मृति, मानव मस्तिष्कको लागि, विनाशकारी शक्तिशाली छ ।

क्वान्टम सम्भावना

मृत्युदरको साथ हाम्रो अस्तित्व ब्रह्माण्डमा एकमात्र चमत्कार हो
अरू केही अनौठो छैन, सबै कुरा विशेष नियमहरूद्वारा शासित छन्
सम्पूर्ण आकाशगंगाहरूमा, त्यहाँ कुनै बेतुकापन, सीमितता र दोषहरू छैनन्
परमाणुहरू, मौलिक कणहरू वा न्यूट्रोनहरूको क्षय नयाँ होइनन्
पदार्थ निर्माणको सुरुदेखि नै, भौतिकशास्त्रको भिन्नताहरू थोरै छन्
सापेक्षता, क्वान्टम मेकानिक्स सभ्यताको लागि नयाँ ज्ञान हुन सक्छ
तर मानिसभन्दा धेरै पहिले, प्रकृतिले सबै मानकीकरण गर्‍यो
भौतिक विज्ञान वा कुनै पनि प्रक्रियाले प्रोटोनलाई इलेक्ट्रोनको वरिपरि घुम्न बाध्य पार्न सक्दैन
भौतिक संसारको निर्माणमा, त्यहाँ कुनै प्राकृतिक चयन थिएन
हाम्रो सबै ज्ञान क्वान्टम सम्भावना र क्रमपरिवर्तन - संयोजन हो ।

इलेक्ट्रोन

पदार्थ ब्रह्माण्ड स्वाभाविक रूपमा अस्थिर छ
किनभने इलेक्ट्रोन चुप लागेर बस्न सक्दैन
इलेक्ट्रोन सबैभन्दा महत्त्वपूर्ण कणहरू मध्ये एक हो
तर यसको व्यवहार र गुणहरू सरल छैनन्
परमाणुमा इलेक्ट्रोनको अस्तित्व द्वन्द्वात्मक छ
प्रोटोन र न्यूट्रन बाँध्न, इलेक्ट्रोनको भूमिका महत्वपूर्ण छ
अस्थिर इलेक्ट्रोनको कारण, अराजकता जहिले पनि बढ्छ
ब्रह्माण्ड र सृष्टिको एन्ट्रोपी कहिल्यै घट्दैन
डीएनए मार्फत जन्मँदा बच्चाको रुनु इलेक्ट्रोन प्रभाव हो
अव्यवस्था र अराजकता बढ्नेछ, नवजात शिशुले पनि प्रतिबिम्बित गर्दछ
।

न्युट्रिनो

न्यूट्रिनोहरू शक्तिशाली इलेक्ट्रोनको साथी हुन्

तैपनि तिनीहरू उपेक्षित छन् र आफ्ना समकक्षीहरू जस्तै लोकप्रिय छैनन्

तिनीहरूलाई भूतको कण भनिन्छ जसले सबै कुरा घुसाउन सक्छ

कसैलाई थाहा छैन कि तिनीहरू कम्पन गर्ने तारका छालहरू हुन् कि होइनन्

हामीलाई यो पनि थाहा छैन कि तिनीहरूले सार्वभौमिक यात्रा गर्दा द्रव्यमान कसरी प्राप्त गर्छन्

तर आधारभूत कणको रूपमा, न्यूट्रिनोको धेरै अर्थ छ

न्यूट्रिनोमा तीन फरक स्वादहरू हुन्छन्, जुन रोमाञ्चक छ

भगवानको कण हिग्स बोसोनसँग व्यवहार गर्दा पनि, न्यूट्रिनोहरू चालाक छन्

न्यूट्रिनोहरू सूर्यबाट र ब्रह्माण्डको किरणसँग आउँछन्

कण भौतिकी धेरै टाढा जानु पर्छ, भूत न्यूट्रिनो को बारे मा भन्न को लागी ।

परमेश्वर खराब प्रबन्धक हुनुहुन्छ

परमेश्वर एक उत्कृष्ट भौतिक विज्ञानी र धेरै राम्रो ईन्जिनियर हुनुहुन्छ तर उहाँ खराब व्यवस्थापन शिक्षक र खराब डाक्टर हुनुहुन्छ
संसारको व्यवस्थापन द्वन्द्वको साथ धेरै गरीब छ
भिसा मार्फत मानिसको आवागमन उसले प्रतिबन्धित गर्दछ
तल्लो क्रमका जनावर र चराहरूको लागि कुनै प्रतिबन्ध छैन, अज्ञात कारणहरू
तैपनि उहाँले देखाउनुभएको जनावरहरूप्रति कम दयालुता
बालबालिकाहरू युद्धमा र चरमपन्थीहरूद्वारा हरेक दिन मारिन्छन्
तर आफ्नो मनपर्ने जनावरलाई ती सबै क्रूरताहरू रोक्न, उसले कहिल्यै
असाध्य रोगबाट पीडित लाखौं मानिसहरू प्रत्येक वर्ष मर्छन्
डाक्टरहरूले धेरै पैसा कमाए र तिनीहरूले परमेश्वरको यी गतिविधिहरूको प्रशंसा गरे
ईन्जिनियरहरूले नतिजाको बारेमा धेरै नसोचेर नवीनता ल्याउँछन्
जीवन बचाउने नाममा, प्रायः डाक्टरहरूले अनुक्रममा गल्ती गर्छन् ।

भौतिकशास्त्र इन्जिनियरिङका पिता हुन्

भौतिकशास्त्र सबै ईन्जिनियरिङ् अनुशासनको पिता हो
इलेक्ट्रिकल इलेक्ट्रोनिक्सको पिता हो, तर दुवै सरल छैनन्
मेकानिकल उत्पादन ईन्जिनियरिङ्गा पिता हुन्
पितृत्वको काउन्टर दावीको लागि, मेक्ट्रोनिक्स पीडित छ
सिभिल इन्जिनियरिङमा डीएनए लिङ्क बिना धेरै धर्मसन्तान ग्रहण गरिएका
केमिकल इन्जिनियरिङ व्यस्त छ, अणुहरूले कसरी सोच्छन्
भौतिकशास्त्रको कान्छो बच्चा, कम्प्युटर विज्ञान अब राजा हो
तिनीहरूले औंठीमा सिंहासन दाबी गर्न सबै ईन्जिनियरिङ् खटखटाए
स्मार्टफोन र क्वान्टम कम्प्युटिङले उनीहरूलाई अझै केही वर्ष शासन गर्न मद्दत गर्नेछ
जब कृत्रिम बुद्धिमत्ता दिमागसँग एकीकृत हुन्छ, सबैले जयजयकार गर्नेछन् ।

अणुहरूको मानिसहरूको ज्ञान

परमाणुहरूको बारेमा सामान्य मानिसको ज्ञान इलेक्ट्रोनमा समाप्त हुन्छ

तिनीहरू प्रोटोन र न्यूट्रनको बारेमा जान्नबाट सन्तुष्ट छन्

उनीहरूलाई फोटोन, पोजिट्रोन वा बोसोनको बारेमा चिन्ता लिनु आवश्यक छैन

मानिसहरू स्याउ खस्ने घोलको ज्ञानबाट सन्तुष्ट छन्

यस प्रक्रियामा स्याउको लागत जनसंख्याको कारण बढिरहेको छ

कम्प्युटर र स्मार्टफोनले ज्ञान फस्टाउन मद्दत गर्‍यो

तर मानिसहरूले उनीहरूलाई समय र साथीलाई मनोरञ्जनको लागि प्रयोग गरिरहेका छन्

पुस्तकहरूले इलेक्ट्रोन, न्यूट्रन र प्रोटोनको बारेमा फैलाउन राम्रो भूमिका खेले

गुगल र विकिपीडिया हातमा भए पनि, बोसोन थाहा छैन

पुरानो धर्मलाई औचित्य दिन टेक्नोलोजीको प्रयोग बढ्दो छ ।

अस्थिर इलेक्ट्रोन

तरंग प्रकार्यहरू हाम्रो ज्ञान र अवलोकन बिना नै पतन हुन्छ

इलेक्ट्रोनले फोटोनको रूपमा कक्षामा रहन ऊर्जा उत्सर्जित गर्दछ

इलेक्ट्रोनको पतन नहुनुको लागि, पाउलीको बहिष्करण सिद्धान्त समाधान हो

इलेक्ट्रोनले निर्धारण भन्दा बाहिर नाभिकमा सम्भावनाहरू बादल पारेको छ

हाइजेनबर्गको अनिश्चितता सिद्धान्तले अनिश्चित स्थितिको बारेमा भन्न खोज्छ

आणविक संरचना इलेक्ट्रोनलाई नाभिकको वरिपरि घुमाउनको लागि एक कन्टेनर हो

स्वतन्त्र इलेक्ट्रोनहरूले प्रकृतिमा परमाणुलाई स्थिर बनाउन ऊर्जा गुमाउँछन्

तर इलेक्ट्रोनलाई यो प्रणालीमा सधैँको लागि मन पराउन सम्भव छैन

गुरुत्वाकर्षणको कारण, जब प्रोटोनले इलेक्ट्रोन कब्जा गर्छ, यो न्यूट्रन हुन्छ

अन्तमा, सबै कुरा आकाशगंगामा कालो प्वालमा पतन हुन्छ, हाम्रो कल्पना भन्दा बाहिर ।

मौलिक शक्तिहरू

गुरुत्वाकर्षण, इलेक्ट्रो - चुम्बकत्व, बलियो र कमजोर आणविक शक्तिहरू आधारभूत छन्

यी चारै ब्रह्माण्डहरू र आकाशगंगाहरू हुन् जसले स्रोतहरूलाई शासन र नियन्त्रण गर्छन्

यी आधारभूत शक्तिहरू बिना कुनै पनि भौतिक अस्तित्वमा रहन सक्दैन

बलियो र कमजोर आणविक शक्तिहरू परमाणुको बन्धन स्रोतहरू हुन्

गुरुत्वाकर्षण बिना, ताराहरू, ग्रहहरू र आकाशगंगाहरूले टकराउने पाठ्यक्रमहरू लिनेछन्

इलेक्ट्रो - चुम्बकत्व हाम्रो मस्तिष्कको कार्य र सञ्चारको लागि आधारभूत हो

यी चार शक्तिहरूको कारण, त्यहाँ ग्रहहरूको संयोजनको अस्तित्व छ

यी शक्तिहरू किन र कसरी विश्वस्त भएर भन्न गाह्रो भयो

ठूलो धमाका पछि परमाणुहरूको बन्धन, यी शक्तिहरूको कारण बिस्तारै भयो

ठूलो धमाका पछि चिसो हुने प्रक्रियामा, यी शक्तिहरूले सबै कुरा व्यवस्थित बनाए ।

होमो सेपियन्सको उद्देश्य

धेरै अरबौं वर्षसम्म पृथ्वीमा जीवित प्राणीहरूको कुनै उद्देश्य छैन

अचानक लगभग दश हजार वर्ष पहिले, मानवको लागि उद्देश्य आयो?

कुनै पनि जीवित प्राणीलाई थाहा थिएन, सूर्यको प्रकाशको साथ ग्रहमा तिनीहरूको उद्देश्य के हो

तैपनि सूर्यको किरणको साथ, पृथ्वीको रूपमा मानवले बोलाएको ग्रह उज्यालो थियो

हाम्रो पुर्खा बाँदर र चिम्पाञ्जीहरूले यो ग्रहलाई सही राखे

एक पटक मानवले आफ्नो बुद्धि बुझेपछि, तिनीहरूले उद्देश्य दाबी गरे

अन्य सबै जनावरहरू तिनीहरूको सेवक हुन्, होमो सेपियन्सले

मानवजातिको उद्देश्य तिनीहरूको आफ्नै कल्पना हुन सक्छ

उद्देश्य परिकल्पना स्वीकार गर्न, कुनै वैज्ञानिक समाधान छैन

डार्विनको प्राकृतिक चयनको सिद्धान्त, उद्देश्य अवधारणाको विरोधाभास गर्दछ

तर प्राकृतिक छनौटमा लिङ्कहरू नभएकोले, बहुसंख्यक मानिसहरूले स्वीकार गर्छन्.

लिङ्क छुट्नु अघि

विकास प्रक्रियामा हराएको लिङ्क अघि
विकासको अर्को सफलता थियो
यो X - क्रोमोजोम र Y - क्रोमोजोमको विभाजन थियो
यौन तटस्थ जीवित प्राणीहरू पनि प्रजनन गर्न सक्षम थिए
यौन र प्रजननका लागि, तटस्थ गुणसूत्रलाई बहकाउन आवश्यक छैन
गुणसूत्रको माध्यमबाट लिङ्ग भिन्नताले असमानता सिर्जना गर्‍यो
पुरुष र महिलाको दुई अलग DNA कोड दृढतापूर्वक देखा पर्‍यो
राम्रो प्रजनन क्षमताको लागि लिङ्ग भिन्नता थियो
वा यो उच्च क्रमको जीवित सृष्टिको सरलताको विकास गर्नु थियो?
X - क्रोमोजोम र Y - क्रोमोजोम दुवै परमाणुका ढेर हुन्
तैपनि तिनीहरूको विशेषताहरू, गुणहरू फरक र अनियमित छन्
छुटेको लिङ्क जस्तै, किन र कसरी लिङ्गले फरक पार्छ, हामीसँग कुनै समाधान छैन ।

आदम र हव्वा

पौराणिक आदम र हव्वाले X र Y गुणसूत्रलाई प्रतिनिधित्व गर्दछ
दुवैको संभोगले नयाँ जीवन, अर्को पुस्ताको गठनमा परिणाम दिन्छ
DNA ले आनुवंशिक विशेषताहरू र जानकारी बोक्छ
जीन उत्परिवर्तन र निरन्तर विकासको लागि जिम्मेवार हुन्छ
सूचना वाहक डीएनए प्राकृतिक चयनको लागि सम्मानितकर्ता हो
चेतना जानकारीको माध्यमबाट आउँछ वा अस्पष्ट छ वा छैन
कणहरूको क्वांटम उलझनले हामीलाई पागल बनाउँछ
उलझनको प्रक्रियामा, धेरै मानिसहरू अल्छी जन्मन्छन्
जीवनसँग मानवमा परमाणुहरूको संयोजनको सम्पूर्ण तस्वीर अझै अस्पष्ट छ ।

काल्पनिक संख्याहरू कठिन छन्

काल्पनिक संख्याहरू कल्पना गर्न र बुझ्न गाह्रो छ
जटिलताहरू, हाम्रो मन र मस्तिष्क, सजिलैसँग बुझ्न सकेनन्
दृश्य र स्पर्श गर्न सकिने चीजहरू, मस्तिष्क सजिलैसँग प्रकट हुन सक्छ
कठिन अभ्यासहरू, मन सँधै भण्डारण चिसोमा राख्न मन पराउँछन्
त्यसकारण जटिल कुराहरू व्यक्त गर्न, समानता धेरै साहसी छ
देख्नु र छुनु भनेको विश्वास गर्नु हो, यो मानवको आधारभूत वृत्ति हो
काल्पनिक भौतिकशास्त्र र दर्शनको लागि, त्यहाँ सीमित चासो छ
नयाँ चीजहरू र विचारहरू अन्वेषण गर्न, कल्पना सबै भन्दा राम्रो छ
कल्पना बिना, सम्भव छ वा छैन, विज्ञान अगाडि बढ्न सक्दैन
जब तपाईं नयाँ चीजहरू पत्ता लगाउनुहुन्छ वा आविष्कार गर्नुहुन्छ,
तपाईंले सधैं राम्रो इनाम पाउनुहुन्छ ।

उल्टो गणना

दौड सुरु गर्न अन्तिम चरणमा, त्यहाँ सधैं उल्टो गणना हुन्छ
किनभने यस चरणमा मानसिक दबाब जबरदस्त र बढ्दो छ
उल्टो गणनामा, शून्यलाई सुरूवात बिन्दु मानिन्छ
यात्रा वा दौडको अन्तिम सफलता वा असफलता शून्य मात्र संयुक्त
जब तपाईं जीवनको अद्‌भुत मार्गमा पर्याप्त परिपक्व हुनुहुन्छ
ठूलो वा ठूलो सफलताको लागि उल्टो गणना गर्न सिक्नुहोस्
उल्टो गणना बिना, कसैले पनि प्रक्रिया गर्न नसक्ने अन्तिम लक्ष्य
मानव जीवन अनन्ततामा क्रमिक रूपमा गणना गर्न धेरै छोटो छ
उल्टो गणना एकताको साथ ट्र्याकमा जाने एक मात्र तरिका हो
यदि तपाईं उल्टो गणना सुरु गर्न र सफल हुन असफल हुनुभयो भने,
भाग्यलाई दोष नदिनुहोस् ।

सबैले शून्यबाट सुरु गर्छन्

हामी सबै शून्यबाट सुरु भएको रुवाइको साथ गणना गर्न जन्मेका हौं
अगाडि गणनामा उपलब्धिहरू बढी छन्, तपाईं एक नायक हुनुहुन्छ
समयले हामीमध्ये धेरैलाई सय भन्दा बढी गणना गर्न दिँदैन
नब्बेसम्म, मानिसहरूले उत्साह त्याग्छन् र आत्मसमर्पण गर्छन्
पचास वर्षको उमेरमा जब हामी बिचमा हुन्छौं, पछाडि गणना सुरु गर्नु राम्रो हुन्छ
यसले तपाईंलाई जीवनको कदर गर्न र जीवनको पुरस्कारको लागि मुस्कुराउन मद्दत गर्नेछ
ध्यान नदिई, मानिसहरूले वर्ष, महिना वा दिनहरू गनिरहेका छन्
भोलि, धेरै मानिसहरूले बिहानको सूर्यको किरणहरू देख्न सक्नेछैनन्
यदि तपाईंले समयमै अगाडि र पछाडि गणना सुरु गर्नुभयो भने
जब तपाईंको समय सकियो, तपाईं निश्चित रूपमा शिखरमा पुग्नुहुनेछ ।

नैतिक प्रश्नहरू

हाम्रा सबै ज्ञान, अनुभव र बुद्धिमत्ता आत्म - प्राप्त छन्

अवलोकनयोग्य संसारबाट आर्टिफिसियल इन्टेलिजेन्स, हाम्रो मस्तिष्कलाई पनि आवश्यक छ

यदि हामीले सबै कुरा व्यक्तिगत रूपमा अनुभव गर्ने प्रयास गर्‍यौं भने, धेरै चाँडै हामी थकित हुनेछौं

प्रमाणिकरण बिना अरूबाट ज्ञान ग्रहण गर्नु प्रकृतिमा कृत्रिम छ

त्यस्ता धेरै ज्ञानहरू भविष्यमा गलत साबित भएका छन्

प्रेम, घृणा, क्रोध जस्ता भावनाहरू पनि मस्तिष्कले ढाँट्न सक्छ

विभिन्न कारणहरूले गर्दा, कृत्रिम मुस्कान र आनन्दका लागि, हाम्रो मस्तिष्कले

कृत्रिम बुद्धिमत्ता प्रगतिको लागि मानव सभ्यताको हिस्सा थियो

कृत्रिम बुद्धिमत्ता बिना त्यहाँ छिटो र द्रुत सफलता हुने छैन

प्राकृतिक बुद्धिमत्ता र AI को एकीकरण सबैभन्दा गाह्रो कार्य हो

मानव मस्तिष्कसँग पूर्ण एकीकरण गर्नु अघि, नैतिक प्रश्नहरू, समाजले सोध्नु पर्छ ।

सबै - पाप - तन - कोस

मानव जीवन समयका चार चतुर्भुज यात्राहरू हुन्

यदि तपाईं सबै चार चतुर्भुजहरू पूरा गर्न सक्नुहुन्छ भने, तपाईं भाग्यशाली र ठीक हुनुहुन्छ

सबैले पच्चीस वर्षको सिकाइबाट गुज्रनु पर्छ

भौतिक शरीरको वृद्धि यसको अन्त्यमा पुग्छ

अनिश्चितताको कारण, सबै पहिलो चतुर्थांश पार गर्न भाग्यशाली छैनन्

मृत्युको समय र उमेर अझै पनि मानवजातिको लागि आश्चर्यकर्म हो

पच्चीस वर्षको दोस्रो चतुर्थांशमा, तपाईं काममा धेरै व्यस्त हुनुहुन्छ

राम्रो जीवन र भविष्यको सुरक्षाको खोजीमा, सबैजना दौडिरहेका छन्

केही मानिसहरू साथी बिना एक्लै हिंड्छन्, रमाइलोको लागि

तेस्रो चतुर्भुज समेकन र राम्रो ट्यूनिंगको लागि समय हो

तपाईंको ज्ञान, सीप र धन जम्मा हुन थाल्यो

तपाईंको लाभांश, सफलता र सम्बन्ध, तपाईंले गणना गर्न थाल्नुभयो

तेस्रो चतुर्थांशमा, तपाईं मालिक र सीईओ हुनुहुन्छ

बिस्तारै तपाईं अधिक धनको लागि भोक गुमाउनुहुन्छ र अगाडि बढ्नुहुन्छ

आत्म - बोध र भित्री आत्म जान्नु महत्त्वपूर्ण हुन्छ

जब तपाईं चौथो चतुर्थांशमा प्रवेश गर्नुहुन्छ, तपाईंको छाया लामो हुन्छ

तपाईंको शरीरले धेरै रोगहरू प्राप्त गर्दछ, तपाईं अब बलियो हुनुहुन्न

चाप, चिनी र अन्य रोगहरू, तपाईंले चक्कीहरू मार्फत नियन्त्रण गर्नुपर्छ

औषधिको साइड इफेक्ट पनि धेरै खराब छ र यसले मानिसहरूलाई मार्न सक्छ

कहिलेकाँही, तपाईं आफ्नो मेडिकल बिलहरू देखेर चिन्तित हुनुहुन्छ

कसैले पनि तपाईंको हेरचाह गर्न कष्ट गर्ने छैन, सबै आफ्नै चतुर्भुजमा व्यस्त छन्

तपाईंका धेरै साथीहरूले पनि संसार छोडे, र साथीहरू निरर्थक भए

प्रत्येक चतुर्भुजमा आफ्ना गतिविधिहरू कुशलतापूर्वक र बुद्धिमानीपूर्वक गर्नुहोस्

चौथो चतुर्थांशको अन्त्यमा तपाईंलाई पक्कै पछुतो हुनेछैन ।

आगोको शक्ति

आगोको आविष्कारले मानव सभ्यताको मार्ग परिवर्तन गर्‍यो

यसले द्वन्द्व दमनमा आगो शक्तिको जग बसायो

थप तपाईंसँग कमजोर जनावरलाई दबाउनको लागि आगोको शक्ति छ

अधिक तपाईंसँग विस्तार र अस्तित्वको सम्भावना छ

आगोको शक्तिले मानिसलाई बाँच्न र प्रगति गर्न सबैभन्दा उपयुक्त हुन मद्दत गर्‍यो

ठूलो जंगलको आगोको कारण, धेरै जनावरहरू प्रतिगमनको बाटोमा लागे

मानवले अझै पनि तिनीहरूको हृदयमा सकारात्मक र नकारात्मक आगो बोकेको छ

यो इतिहासका युद्धहरूद्वारा प्रमाणित हुन्छ, जुन विनाशकारी भयो

तैपनि हृदयको सकारात्मक आगोले मानिसहरूलाई रचनात्मक हुन मद्दत गर्‍यो

तर सभ्यताको लागि, आधुनिक प्रविधिको अग्नि शक्ति निर्णायक साबित हुन सक्छ ।

रात र दिन

हरेक रात जब म रुन्छु
संसार लजालु रहन्छ
कन्सोल गर्न, ब्रह्माण्डले प्रयास गर्दैन
दुखाइ फ्राई हुन्छ
मुटु खाली र सुख्खा छ
एक्लो स्काईलार्क फ्लाई
सारा रात मेरो हो
एक्लै एक दिन म मर्नेछु
मरेका मलाई, मानिसहरूले बिदाई भन्नेछन्
तैपनि, जब सूर्य उदाउँछ, आत्मा उच्च हुन्छ
दिनमा, रुने समय छैन
त्यहाँ कुनै कारण छैन किन
मैले मात्र गर्नुपर्छ र मर्नुपर्छ ।

स्वतन्त्र इच्छाशक्ति र अन्तिम परिणाम

ट्राफिक जाममा, मसँग बायाँ वा दायाँ जान स्वतन्त्र इच्छाको विकल्प थियो
तर हरेक पटक मेरो आफ्नै निर्णयले, आन्दोलन तंग भयो
चाहे बायाँ, दायाँ वा यू मोड, भविष्यको यात्रा विरलै उज्यालो थियो
हरेक एक मिटर सार्नको लागि, मलाई मेरो भाग्यले लड्न बाध्य तुल्यायो
स्वतन्त्र इच्छाले, दस वर्षसम्म प्रेममा रहेका दम्पतीले विवाह गर्ने निर्णय गरे
गन्तव्य खरपतवारको रूपमा रमाइलोसँग विवाहको उत्सव मनाए
तीन महिना पछि तिनीहरू अलग भएको देखेर सबै छक्क परे
ती युवक स्वतन्त्र इच्छाले उज्ज्वल भविष्यको लागि विदेशको उडानमा चढेका थिए
तर स्वतन्त्र इच्छा र धेरै आशाहरू पछि पनि, उडान दुर्घटनामा, उनी मारिए
स्वतन्त्र इच्छा र अन्तिम परिणाम बीच अनिश्चित सम्बन्ध छ
कुनै पनि क्षण भाग्य वा अनिश्चितता सिद्धान्तले आक्रमण गर्न सक्छ ।

क्वान्टम सम्भावना

ब्रह्माण्ड क्वांटम कणहरूको अराजक प्रक्रियाबाट सुरु भयो
त्यसपछिका सबै कुरा क्वान्टम सम्भाव्यता थियो
ताराहरू, र अन्य आकाशीय पिण्डहरू क्रमबद्ध कक्षीय मार्गमा घुम्छन्
तर सम्पूर्ण ब्रह्माण्डको रूपमा, आकाशगंगाहरू सँधै रस्ट गर्न चाहन्थे
ब्रह्माण्डको एन्ट्रोपी यसको अस्तित्वको लागि बढ्दै जानु पर्छ
ब्रह्माण्डको विस्तारको व्याख्या गर्न, गाढा ऊर्जा आवश्यक छ
मल्टिभर्स प्रमाण बिनाको क्वान्टम सम्भावना बाहेक अरू केही होइन
हरेक धार्मिक दर्शनमा मट, बहुविश्वको असहनीय जरा छ
भौतिकशास्त्रमा पनि हाम्रो उत्पत्तिको सम्बन्धमा विभिन्न सिद्धान्तहरू र परिकल्पनाहरू छन्
अहिलेसम्म वास्तविकता को सरल र अन्तिम सत्य भ्रमपूर्ण छ र कसैले देखेको छैन ।

मृत्युदर र अमरत्व

म खुसी छु कि म नश्वर छु, संसारको लागि केही दिन यात्री

म खुसी छु कि अरू सबै अमर र सेवा प्रदायक हुन्

अमर साथीहरू र आफन्तहरूले म बिदा हुँदा अलविदा भन्नेछन्

मेरो अर्को पारी, यदि कुनै छ भने, म कसरी सुरु गर्नेछु भनेर कसैलाई पनि थाहा हुने छैन

एक हप्ता पछि, सबैले मलाई बिर्सनेछन्, किनकि मानिसहरू स्मार्ट छन्

तिनीहरू सुपरमार्केटमा व्यस्त हुनेछन्, आफ्नो घरको कार्ट भर्नेछन्

त्यसो भए पनि, समय उही तरिकाले बित्नेछ, दिन, महिना, वर्ष धेरै छिटो

अमरताको कारणले तिनीहरू कहिल्यै थाकेका नहुन सक्छन् वा क्षय वा खिया लाग्ने छैनन्

सय वर्ष पछि, कसैले मेरो मृत्यु शतवार्षिकी अवलोकन गर्न सक्छ

एक हजार वर्ष पछि, कसैले मलाई जालमा भेट्टाउन सक्छ, भन्न सक्छ कि म समकालीन थिएँ

तर उसको प्रतिक्रिया कुनै भावना र क्षणिक बिना हुनेछ

मृत्युदर र अमरत्व सँगै जान्छ, मानिसहरू मर्न चाहँदैनन्

तैपनि मेरो जीवनको अन्तिम दिनसम्म, अमर हुनको लागि, म कहिल्यै प्रयास गर्ने छैन ।

क्रसरोडको पागल केटी

उनी हरेक दिन क्रसरोडमा घुम्छिन्, हाँस्छिन्, मुस्कुराउँछिन् र आफैसँग कुरा गर्छिन्

को आउँदैछ, को जाँदैछ, ध्यानमा पटक्कै चासो राख्दैन

उनको फोहोर पोशाक, कुनै मेकअप र धुलोयुक्त कपाल बिनाको अनुहारको बारेमा चिन्ता नगर्नुहोस्

यदि हाँस्नु र हाँस्नु खुशीको संकेत हो भने, उनी खुशी र समलिङ्गी हुनुपर्छ

उनी प्रोटोन, न्यूट्रन, इलेक्ट्रोन र अन्य आधारभूत कणहरूको ढेर पनि हुनुपर्छ

गति, गुरुत्वाकर्षण विद्‌युत चुम्बकत्व, र क्वान्टम मेकानिक्सको समान नियमहरू पछ्याउँदै

तैपनि, उनी फरक छिन्, अस्थिर इलेक्ट्रोनहरूको अनियन्त्रित व्यवहार हुन सक्छिन्

डाक्टरहरूले कुनै समाधान दिन सकेनन्, उनी किन फरक छिन् र निको भइन्

उनको चेतनाको असमान व्यवहारको लागि कुनै वास्तविक स्पष्टीकरण छैन

क्वान्टम सिद्धान्तको व्याख्या भन्दा बाहिर उनको चेतना र न्यूरोन्स उत्सर्जन

उनको मुस्कुराइरहेको अनुहार र खुशीको लागि, मानिसहरूले दया देखाउँछन् र खेद व्यक्त गर्छन्

तर, क्वान्टम पर्यवेक्षकहरूको बाबजुद, उनी आफ्नो जीवन आनन्दित भएर बिताइरहेकी छिन् ।

परमाणु बनाम अणुहरू

अणुहरू ग्रह र ब्रह्माण्डको सिर्जनाको लागि आधारभूत नहुन सक्छ

कार्बन, हाइड्रोजन, अक्सिजन, सिलिकन र नाइट्रोजनले पृथ्वीलाई विविध बनायो

क्याल्सियम, फलाम, सोडियम, पोटासियम सबै अणुहरूको रूपमा डुब्छन्

अणुहरूको संयोजन बिना अणुहरू सम्भव छैन सत्य हो

तर अणुहरू नबन्दा, तत्वहरूको अस्तित्व बढ्न सक्दैन

न्यूट्रन प्रोटोन र इलेक्ट्रोन फरक परमाणु बन्न क्षय हुन सक्छ

प्रोटोन र इलेक्ट्रोनहरूको संयोजन पनि अनियमित रूपमा भइरहेको छ

जीवनलाई सम्भव बनाउन प्रोटीन र एमिनो एसिड अणुको रूपमा आएका थिए

आणविक अवस्थामा पशु साम्राज्यलाई खाना उपलब्ध गराउन प्रकाश संश्लेषण असम्भव छ

अणुहरू परमाणु जस्तो अस्थिर हुँदैनन्, हाम्रो अस्तित्वको लागि, अणुहरू भरपर्दो हुन्छन् ।

नयाँ संकल्प गरौं

नदीहरू, तालहरू, समुद्रहरू, र महासागरहरू सबै तल छन्
प्रत्येक जल निकायको गहिराइ सममित छैन तर अनियमित छ
हिमालहरू वर्षभरि अग्लो वा छोटो, हरियो वा सेतो हुन सक्छ
तर सबै चीजको विशेषताहरूको लागि, परमाणुहरूले मात्र
प्रकृतिको सौन्दर्य वा ताराहरू वा महिलाहरू, सबै परमाणुहरूको ढेर हुन्
फोटोको उत्सर्जन बिना कसैले पनि कुनै पनि चीजको सुन्दरता देख्न सक्दैन
मौलिक कणहरू र परमाणुहरू, संयोजनमा सबै फरक पार्छन्
प्रारम्भिक निर्माणमा मानिसहरूको कुनै पनि कुरामा कुनै नियन्त्रण छैन
न त मानिसहरूले विकासको प्रक्रियालाई छिटो वा ढिलो गर्न केहि गरे
प्रेम र भाइचाराको साथ संसारलाई राम्रो बनाउन हामी संकल्प लिन सक्छौं
।

फर्मि - डिरक तथ्याङ्क

हाम्रो दैनिक जीवनमा, हामी अन्तरक्रिया बिना धेरै मानिसहरूलाई देख्छौं
Fermi - Dirac तथ्याङ्कले हामीलाई एक उचित समझ समाधान दिन सक्छ
तथ्याङ्क दुवै शास्त्रीय र क्वान्टम मेकानिक्समा लागू हुन्छ
प्रत्येक मानिसको फरक मानसिकता, मनोवृत्ति र गतिशीलता हुन्छ
प्रत्येक मौलिक कणको थर्मोडायनामिक सन्तुलनको आफ्नै तरिका हुन्छ
नाप्न सकिने द्रव्यमान बिना पनि, कणहरूको गति हुन्छ
बोस - आइन्स्टाइन तथ्याङ्क समान, अविभाज्य कणमा पनि लागू हुन्छ
कणहरू वर्णन गर्ने सम्पूर्ण प्रक्रिया जटिल छ र सरल छैन
कुनै बिन्दुमा, अनन्त ब्रह्माण्डमा, हाम्रो समझ अशक्त हुन्छ
तर मानव मन र भौतिकशास्त्रको जिज्ञासा कहिल्यै पूर्ण रूपमा टड्कारो हुँदैन ।

अमानवीय मानसिकता

मानिसहरू अमानवीय र क्रूर भएका छन्
यद्यपि अहिले कुनै ऐतिहासिक द्वन्द्व छैन
तर निर्दोषलाई मार्नको लागि, सानो कुराले इन्धन दिन सक्छ
सहिष्णुता घट्दो फिर्तीको कानून भन्दा छिटो घट्दै गइरहेको छ
यदि तपाईं सत्य र न्यायको पक्षमा उभिनुभयो भने, अर्को गोली तपाईंको पालो हुन सक्छ
साना घटनाहरूको लागि, धेरै शहरहरू पागलपनले जलाइन्छ
कुनै पनि क्षण, कुनै पनि कारणको लागि कुनै पनि ठाउँमा घातक हिंसा फिर्ता हुन सक्छ
मानिस अब एक दिन मानव रगतको लागि तिर्खाएका छन्
विनाशकारी बाढी भन्दा हिंसामा संसारमा धेरै मानिसहरू मर्छन्
मानवताको लागि येशूको बलिदान, क्रूरता चरममा छ
हिंसा, युद्ध, घृणा, असहिष्णुताको साथ, चाँडै नै मानवजातिको कपडा भाँचिनेछ ।

व्यापार प्रक्रिया

के जीवन केवल उत्पादकत्व र नाफा बढाउनको लागि व्यवसायिक प्रक्रिया मात्र हो?

वा यो एक प्राकृतिक प्रक्रिया हो, विकास र प्रगतिमा योगदान गर्न

सम्पूर्ण समाज अब मार्केटिंग उत्पादनहरूको लागि ठाउँ बन्छ

मानिसहरूलाई कसरी मूर्ख बनाउने भन्ने कुरा अब बाँच्ने र योग्य हुनको लागि ठूलो सीप हो

सत्यको साथ अगाडि बढ्न र सरल र इमानदार हुन असम्भव छ

त्यहाँ धनको लागि असीम लोभ छ र हुक वा ठग द्वारा प्रसिद्ध हुन

मानसिक समृद्धिका लागि, कोही पनि समय खर्च गर्न वा पुस्तक पढ्न चाहँदैनन्

बजारमा, कुनै न कुनै रूपमा तपाईंले आफ्नो सेवा वा उत्पादन बेच्नु पर्छ

सामाजिक बनावट, सम्बन्ध र मूल्यहरूबाट, यसले सँधै

यदि तपाईं मार्केटिंग गर्न सक्नुहुन्न र नाफा कमाउन सक्नुहुन्न भने, तपाईंले जीवनमा केही पनि निर्माण गर्न सक्नुहुन्न ।

शान्तिमा आराम गर्नुहोस् (RIP)

जब म मर्छु, कसैले मृत्युदण्ड लेख्न सक्छ
तर शान्तिमा आराम भन्नु प्राथमिक टिप्पणी हुनेछ
अब कसैले मलाई सोध्दैन, म शान्तिमा छु कि छैन
मेरा नजिकका साथीहरू पनि त्यही लटमा पर्छन्
मैले कसैलाई पनि सोधेको छैन, तिनीहरूको शान्तिको बारेमा
अहिले सम्म मेरा साथीहरूको मृत्यु पछि, म पनि त्यही माध्यमहरू पछ्याइरहेको छु
मृत्यु अब हामी सबैको लागि धेरै सस्तो र भावनाहीन छ
यद्यपि यो सत्य हो कि एक दिन सबैले बसमा चढ्नेछन्
मृत्यु पछि, शान्ति र खुशी अप्रासंगिक हुन्छ
शान्तिमा आराम एक धेरै भर्खरको आधुनिक जीवनशैली प्याटेन्ट हो
मानिसहरू धेरै व्यस्त छन् र शान्ति र आरामको लागि समय छैन
मृत्युपछि साथीहरूलाई शान्तिमा आराम भन्नु सजिलो र उत्तम हुन्छ ।

आत्माहरू वास्तविक हुन् वा कल्पना?

आत्माको अस्तित्वलाई सधैं कुनै वैज्ञानिक प्रमाणको रूपमा प्रश्न गरिन्छ
जीवित प्राणीहरूको चेतना वास्तविक छ, तर के यो प्रबन्धको कुरा हो?
आत्माको परिकल्पना गहिरो जरामा छ, सभ्यता पछि सभ्यता बाँचेको छ
आत्मा र मृत्यु पछि यसको निरन्तरता अधिकांश धर्मको अभिन्न अंग हो
यस कुरालाई प्रमाणित गर्न, देहधारण र अगमवक्ताहरू धार्मिक समाधान हुन्

यद्यपि, अहिलेसम्म शरीर र आत्माको हराएको लिङ्क फेला पार्न असफल भएदेखि

उच्च क्रम चेतनाको कारण पनि अनकही रहेको छ

अनन्त आकाशगंगाहरूमा, विज्ञानको अन्वेषण एउटा सानो धूलो मात्र हो
आत्मा र चेतनाको बारेमा सान्दर्भिक प्रश्नहरू, विज्ञानले जवाफ दिनुपर्दछ
अन्यथा, समयको डोमेनमा, विज्ञानका धेरै परिकल्पनाहरू खिया लाग्नेछन्।

के सबै आत्माहरू एउटै प्याकेजको भाग हुन्?

के विभिन्न जीवित प्राणीहरूका आत्माहरू एउटै सफ्टवेयर प्याकेजको भाग हुन्?

प्रत्येक आत्मामा क्वांटम उलझन छ, तर फरक सामान छ

विकासको माध्यमबाट पनि, सबै जीवित प्राणीहरूको पारिस्थितिक बन्धन हुन्छ

धेरै प्रजातिहरू लोप भए, किनभने समयसँगै, तिनीहरूले प्रगति गरेनन्

मानिस, स्व - घोषित सर्वोच्च जनावर अब ती उद्धारको खोजीमा छन्

तैपनि सफ्टवेयर र जीवनयापनको हार्डवेयर बीचको सम्बन्ध हराइरहेको छ

विज्ञान, धर्म र दर्शनको आफ्नै अनौठो सोच छ

कसैले पनि उनीहरूको परिकल्पना सही छ भनेर विश्वस्त रूपमा प्रमाणित गर्न सक्दैन

जब जिज्ञासु दिमागले कडा प्रश्नहरू सोध्यो, सबैले पछि हट्छन्

आत्मा शरीर सम्बन्धको मामलामा, अहिलेसम्म, धर्महरूले बढी प्रभाव पारेको छ ।

नाभिक

नाभिक बिना, कुनै पनि परमाणु परमाणुको रूपमा गठन वा अवस्थित हुन सक्दैन

प्रति से मौलिक कणहरू पदार्थ बन्न सक्दैनन्

ब्रह्माण्डका चीजहरूमा राम्रो व्याख्या गर्नको लागि परिकल्पना हुन सक्छ

सौर्यमण्डल अवस्थित हुन सक्दैन र सूर्य बिना जारी रहन सक्दैन

उपग्रहहरू पनि सन्तुलित बलहरू हुन्, र मानव रमाइलोको लागि होइन

जबरजस्त ऊर्जा भएको केन्द्रीय नाभिक बिना, ब्रह्माण्ड क्रमबद्ध हुन सक्दैन

चाहे त्यो परमेश्वर होस् वा अरू केही, भौतिकशास्त्रले थप उत्खनन गर्नुपर्छ

ताराहरू र आकाशगंगाहरू बीचको दूरी हाम्रो रकेटको पहुँचभन्दा बाहिर छ

अहिले सम्म हाम्रो ग्यालेक्सीको हरेक कुनामा अन्वेषण गर्नु हाम्रो खल्ती भन्दा बाहिर छ

तैपनि, धेरै मानिसहरू महँगो टिकट किनेर सधैंको लागि अन्तरिक्षमा जान तयार छन्

अज्ञातलाई जान्ने यो जिज्ञासा र धक्का सभ्यता हो

क्वान्टम टेक्नोलोजीको साथ अन्तरिक्षको अन्वेषणले गति प्राप्त गर्नेछ

जबसम्म हामी ताराहरूको बन्धनको पछाडि अन्तिम नाभिक वा सत्य फेला पार्दैनौं

मानिसहरूलाई आफ्नो धार्मिक विश्वास र प्रार्थनामा खुसी हुन दिनुहोस् ।

भौतिकशास्त्रभन्दा बाहिर

भौतिक विज्ञानको अनौठो संसारभन्दा बाहिर, जीव विज्ञानको संसार
अणुहरूको संयोजनले प्रोटिन अणुहरू
भाइरस र एककोशिकीय जीवहरू अस्तित्वमा आए
सूचना वाहक डीएनएले विकासको प्रक्रिया सुरु गर्‍यो
भौतिकशास्त्र र जीवविज्ञानको अन्तरसम्बन्धले आधारभूत समाधान दिन सक्छ
आनुवंशिकीको माध्यमबाट उल्टो ईन्जिनियरिङ्ले जीवन कसरी आयो भनेर बताउन सक्छ
सर्वशक्तिमान परमेश्वरको लागि खेल भित्र केही नहुन सक्छ
भौतिकशास्त्रभन्दा बाहिर नयाँ जीवन दिन प्रेम, मानवता र मातृत्व छ
प्रोटोन र इलेक्ट्रोनको संयोजन जस्तै हामीसँग पति र पत्नी छन्
क्वान्टम मेकानिक्स पछि पनि सृष्टिको रहस्य जारी रहनेछ
केही भौतिकशास्त्रीहरूले हामीलाई नयाँ परिकल्पनाको साथ अस्तित्वको लागि नयाँ विचारहरू दिनेछन्
जीवन कृत्रिम बुद्धिमत्ता र युद्धहरूसँग प्रतिस्पर्धा गर्न जारी रहनेछ
मानिसहरूले अस्तित्वको कारण फेला पार्न सक्दैनन् तर ताराहरूलाई उपनिवेश बनाउनेछन् ।

विज्ञान र धर्म

विज्ञानले कहिले पनि यसको सिद्धान्तहरू प्रमाणित गर्न धार्मिक पाठलाई जनाउँदैन

वैज्ञानिक सिद्धान्तहरू र परिकल्पनाहरू सम्झनामा आधारित छैनन्

सभ्यताको प्रारम्भिक चरणहरूमा धार्मिक पाठ पुस्ताहरूबाट गुज्रियो

ती पाठहरू सँधै विज्ञानको पुष्टिकरणबाट प्राप्त गर्ने प्रयास गर्छन्

यदि परमेश्वरको अस्तित्व अर्को आकाशगंगामा छ भने, धार्मिक पाठ उहाँको संस्करण होइन

यसलाई पुष्टिको साथ प्रमाणित गर्न, धार्मिक अगुवाहरूसँग कुनै समाधान छैन

प्रायः, तिनीहरूले यसलाई विज्ञानमा आधारित साबित गर्नको लागि एक टुक्रा भोजन पदलाई उल्लेख गर्छन्

तर रक्षामा मौलिक कानूनको कुनै गणितीय सन्दर्भ छैन

अगमवक्ताहरू र धार्मिक शासकहरू वैज्ञानिक सिद्धान्तहरूको आविष्कारक होइनन्

प्रकृति र प्राकृतिक नियमहरूसँग मिल्दोजुल्दो केवल परिणामहरू हुन्

धर्म र विज्ञान जीवन भनिने सिक्काको दुई पक्ष हुन सक्छ

तर जब प्रयोगशाला वा शारीरिक परीक्षणको कुरा आउँछ, धर्महरू स्लाइड हुन्छन् ।

धर्म र बहुविध

तपाईं जहाँ हुनुहुन्छ, खुसी हुनुहोस् र शान्तिमा बस्नुहोस्
यो आत्माहरूको बारेमा धेरै धर्महरूको दृष्टिकोण हो
के यसको मतलब धर्महरूलाई समानान्तर ब्रह्माण्डको बारेमा थाहा छ
वा यो नजिकका र प्रियजनहरूको लागि एकान्तको सबैभन्दा सजिलो तरिका हो
धेरै ब्रह्माण्डको अवधारणा केही धर्महरूमा निहित छ
तर यो क्वान्टम उलझन र विशिष्ट संकल्प भन्दा बाहिर थियो
समानांतर ब्रह्माण्डको वर्तमान अवधारणा पनि दिशाविहीन छ
भौतिक विज्ञान परमाणु र आधारभूत कणहरू भित्र गहिरो जान्छ
विशिष्ट बन्नुको सट्टा, अवरोधहरूसँग दार्शनिक बन्नुहोस्
ब्रह्माण्डको ठूलो आकारमा पनि, ब्रह्माण्डिक स्थिरांकहरू फरक हुन्छन्
त्यसपछि सम्पूर्ण सिद्धान्त वा परिकल्पना शंकास्पद हुन थाल्यो र
धर्महरू विश्वासको विषय हुन् र विश्वासीहरूले कहिल्यै प्रमाण माग्दैनन्
सबैभन्दा वैज्ञानिक र तर्कसंगत दिमागले पनि कहिल्यै भन्दैन कि दृश्य मूर्ख छ ।

विज्ञान र बहुविश्वको भविष्य

जब मानिसहरू मर्छन्, आफन्तहरू भन्छन्, तपाईं जहाँ भए पनि शान्तिमा बस्नुहोस्

यो धार्मिक दृष्टिकोण समाजमा गहिरो जरा गाडिएको छ र धेरै टाढासम्म फैलिएको छ

मानिसहरूले प्रस्थानको पीडाबाट सान्त्वना पाउँछन् र दाग निको पार्ने प्रयास गर्छन्

ती मध्ये अधिकांश मानिसहरूलाई क्वान्टम उलझनको बारेमा थाहा छैन

बहुविध अस्तित्वमा छ कि छैन, तिनीहरूको लागि बिल्कुल महत्त्वपूर्ण छैन

हरेक जनावर जस्तै, मानिस पनि मर्न र संसार छोड्न डराउँछन्

त्यसोभए, अर्को ग्यालेक्सीमा बस्ने अवधारणा प्रकट भएको हुन सक्छ

यो पनि सम्भव हुन सक्छ कि हाम्रो सभ्यता प्रमाणले भन्छ भन्दा पुरानो छ

लाख वर्ष पहिले, केही उन्नत प्राणीहरू यहाँ बाटोमा भएको हुन सक्छ

संसारका मानिसहरूले ती प्राणीहरूसँग अन्तरक्रिया गरेको हुन सक्छ

एक पटक तिनीहरू आफ्नो गन्तव्यमा गएपछि, मानिसहरूले प्रार्थना गर्न थाले

अन्य ब्रह्माण्डहरूको अस्तित्व मुखबाट मुखमा आयो

दीर्घकालमा अन्य ब्रह्माण्डमा जीवनको अस्तित्व बलियो हुन्छ

भौतिकशास्त्रमा अब प्रकृतिलाई व्याख्या गर्न बहुविश्वको बारेमा परिकल्पना छ

यदि अन्य आकाशगंगाहरूमा बहुविध वास्तवमै अवस्थित छन् भने, विज्ञानको भविष्य फरक हुनेछ ।

मह

संसारमा, अधिकांश मानिसहरू महको मौरी जस्तै बाँचिरहेका छन्

यदि तपाईंले माथिबाट हेर्नुभयो भने, विशाल भवनहरू रूखहरू हुन्

तिनीहरूको आवासीय समुदायमा, तिनीहरूको पहिचान छैन

तैपनि पित्ताका मौरीहरू जस्तै, सबैजना आफ्नो घरमा एकजुटताका साथ बस्छन्

तिनीहरू काम गर्छन् र आफ्नो सन्तानको लागि काम गर्छन्, कुनै आराम बिना

सँधै आफ्ना बच्चाहरूलाई उनीहरूले सबैभन्दा राम्रो ठानेको कुरा दिने प्रयास गर्नुहोस्

रातको समयमा मात्र मधुमक्खी जस्तै, तिनीहरू आराम गर्छन्

एक दिन तिनीहरूको खुट्टा हिँड्नको लागि कमजोर हुन्छ र काम गर्नको लागि हातहरू

त्यतिबेलासम्म, तिनीहरूका बच्चाहरू वयस्क भइसकेका थिए र

वृद्धाश्रम वा शरणमा, अमान्य शरीर लक गरिएको छ

सबैले बिर्सिए, एक पटक, उनीहरूले कति मेहनत गरे

मधुमक्खी जस्तै, तिनीहरू पनि भुइँमा खस्छन्, कसैले पनि ध्यान दिएन

तर हरियालीका दिनहरूमा, जीवनको आनन्द लिन, केही मानिसहरूलाई तपाईं विश्वस्त गर्न सक्नुहुन्न ।

उस्तै नतिजा

क्वान्टम मेकानिक्सले आशावादी र निराशावादी बीच कहिल्यै फरक पार्दैन

भिन्नता क्वान्टम सम्भावना वा उलझनको कारण हुन सक्छ

आशावादी र निराशावादी संसारमा एउटै सिक्काका दुई पाटा हुन्

तर, दैनिक जीवनमा, विभिन्न तरिकाले, तिनीहरू फरक तरिकाले प्रकट हुन्छन्

क्रिकेट र फुटबलको खेलमा, तपाईं टस हारेपछि पनि जित्न सक्नुहुन्छ

निराशावादको साथ, व्यक्तिले लामो समयसम्म क्रूसको आशीर्वादले जित्न सक्छ

आशावादले जीवनभर सफलता र खुशीको ग्यारेन्टी गर्दैन

लामो समयसम्म धेरै आशावादीहरूका लागि, आशावाद एक प्रचारको रूपमा मात्र रहन्छ

निराशावादीहरू एक पटक मात्र मर्छन्, त्यो पनि असफलताको लागि कुनै पछुतो बिना खुशीसाथ

हरेक सपना पटरीबाट उत्रिएपछि आशावादीहरू धेरै पटक मर्छन्, निश्चित हुनुहोस्

आशावादी वा निराशावादीका लागि, एक मात्र तरिका भनेको अगाडि बढ्नु र खेल समाप्त गर्नु हो

स्वतन्त्र इच्छा, कडा परिश्रम, क्वान्टम उलझनको बाबजुद पनि परिणाम मिल्नेछ ।

केही र केही पनि छैन

केही र केही पनि छैन, केही पनि छैन, र केही

परमेश्वर, कुनै परमेश्वर, कुनै परमेश्वर, अण्डा बनाम कुखुरा भन्दा बढी चकित पार्ने परमेश्वर

ठूलो धमाका वा कुनै सुरुवात, कुनै अन्त्य, केवल विस्तार र विस्तार

गाढा ऊर्जा वा कुनै गाढा ऊर्जा छैन, ब्रह्माण्ड विस्तार हुँदैछ वा केवल एक मृगौला हो

एन्टिमाटर र मौलिक कणहरूको आफ्नै भूमिका र मिलिजुली छ

भौतिकशास्त्रको नियम पहिले बनाइएको थियो, वा ब्रह्माण्ड पहिले आयो

केहि जस्तो गम्भीर प्रश्न पनि हो र केही पनि होइन, खिया लाग्नु हुँदैन

प्रकृति र ब्रह्माण्ड जान्नको लागि, प्रत्येक प्रश्नको उत्तर हुनुपर्दछ

भौतिकशास्त्र, जीवविज्ञान, रसायनशास्त्र, गणितको एकीकरण कसरी गर्ने

मानव भावना र चेतनाको पनि फरक - फरक दौड हुन्छ

तालिका, सबै कुराको सिद्धान्त फेर्न सक्छ कि सक्दैन भन्ने पनि अनिश्चित छ

बीचमा, धर्महरूसँग संसारलाई जलाउन बाध्य पार्ने शक्ति छ

जीनोम अनुक्रमण र क्वान्टम उलझन थाहा पाएपछि पनि

मानिसहरू धार्मिक बसोबास गर्न पाउँदा खुसी र सन्तुष्ट छन्

किनभने भौतिकशास्त्र अझै पनि केहि वा केहि पनि निर्णय गर्न टाढा छ ।

कविता उत्तम तरिकाले

अहिलेसम्म लेखिएको सबैभन्दा राम्रो वैज्ञानिक कविता द्रव्यमान र ऊर्जाको बारेमा थियो

यसले अन्तरिक्ष, समय, द्रव्यमान र ऊर्जालाई तालमेलमा व्याख्या गर्दछ

E बराबर mc वर्गले भौतिक विज्ञानमा धेरै चीजहरू सदाको लागि परिवर्तन गर्‍यो

विज्ञानको कुनै पनि नियमको लोकप्रियता, जस्तै पदार्थ ऊर्जा सम्बन्ध, दुर्लभ छ

न्यूटनको चालको नियम पनि लोकप्रियता साझेदारीमा पछाडि रहन्छ

पदार्थ - ऊर्जा द्वन्द्वले शास्त्रीय भौतिकीको शासनलाई नष्ट गर्‍यो

यसले क्वान्टम सिद्धान्त र मेकानिक्सको अज्ञात संसार खोल्यो

हाम्रो दृश्य संसारको अधिकांश व्याख्या गर्ने कविता पदार्थ ऊर्जा समीकरण हो

सापेक्षतावादको सिद्धान्तले धेरै अस्पष्ट चीजहरूको समाधान दियो

गुरुत्वाकर्षण, इलेक्ट्रो - चुम्बकीय शक्ति, बलियो र कमजोर आणविक शक्तिहरू अदृश्य छन्

तर ईन्जिनियरिङ्ग उनीहरूको अनुप्रयोगले यो आधुनिक संसारलाई सम्भव बनायो

प्रकृतिको दर्शन, कविता र भौतिकशास्त्रको व्याख्यामा ।

तपाईंको कपाल खैरो पार्ने

खरानी कपाल र बुढ्यौलीको अर्थ ज्ञान र बुद्धि होइन

अस्सी पछि जीवनको अन्त्यमा पनि, धेरै मानिसहरू मूर्खको राज्यमा बस्छन्

धेरैजसो मानिसहरूले अनुभव र विगतबाट सिक्दैनन्

त्यसैले, तिनीहरूको अपरिपक्कता र मूर्खता अन्तिम साससम्म रहिरहन्छ

डिग्री र धन भएकोले कसैलाई सज्जन बनाउन सक्दैन

हृदयमा मूल्य र भावनाहरू बिना, तपाईं एक विक्रेता मात्र बन्न सक्नुहुन्छ

मूल्यहरूको साथ ज्ञान र बुद्धिले तपाईंलाई भित्री रूपमा राम्रो बनाउनेछ

गरिबको साथमा पनि, तपाईं अशिष्ट व्यवहार गर्न सक्नुहुन्न

मूल्यमा आधारित इमान्दार मानिसहरूलाई अब समाजमा बढी आवश्यक छ

हामीलाई भ्रष्ट मानसिकता भएका पेशेवरहरू र शिक्षितहरू चाहिँदैन ।

अस्थिर मानव

अधिकांश मानिस अस्थिर छन् र मानसिक स्वास्थ्य समस्याहरू छन्

युवा पुरुषहरूको अनियन्त्रित व्यवहार, इलेक्ट्रोनहरूको सुराग हुन सक्छ

भौतिक विज्ञानले हामीलाई व्याख्या गर्न सक्छ, किन आकाश वास्तविक छैन तर निलो देखिन्छ

अहिले पनि, औषधिहरूले चाँडै निको हुन सक्दैन, चिसो र मौसमी फ्लू किन केही भाइरसहरू अझै पनि अजेय छन्, न त भौतिकशास्त्र र न त डाक्टरहरूले जवाफ दिएका छन्

मौसम र वर्षाको सही पूर्वानुमान धेरै सीमित र दुर्लभ छ

मानव जीवनमा मस्तिष्कले भावनाहरू प्रदर्शन गर्न अरबौं न्यूट्रनहरू उत्सर्जित गर्दछ

तर यसले कुन तरिकाले प्रदर्शन गर्नेछ, कुनै पनि भौतिकशास्त्रीले सही भविष्यवाणी दिन सक्दैनन्

हरेक भविष्यको क्षणको क्वान्टम सम्भावना असीमित छ

कुनै पनि क्षण, कुनै पनि दुर्घटनामा, उत्तम डाक्टर मारिन सक्छ ।

कविता भौतिक विज्ञान जस्तै सरल होस्

किन कविता गणित र भौतिकशास्त्र जत्तिकै सरल हुन सक्दैन
सत्य सधैं सरल, स्पष्ट हुन्छ र कठिन शब्दहरू आवश्यक पर्दैन
कविता आम मानिसको बुझाइभन्दा बाहिर कठोर हुनु आवश्यक छैन
भित्री अभिव्यक्तिहरूको बारेमा जान्नु अभिजात वर्गहरूको लागि मात्र होइन
ग्रह गति को नियम जस्तै, कविता सरल र सुन्दर हुनुपर्छ
कविता जीवनलाई आनन्दित बनाउनको लागि राम्रो मानवीय मूल्यहरू समावेश गर्न सक्षम हुनुपर्दछ
न्यूटनको नियम यति सरल र बुझ्न सजिलो छ
सम्पूर्ण ग्रह गतिहरू, सरल तरिकामा, हामी वरिपरि बताउन सक्छौं
E बराबर mc वर्गले जटिलता बिना पदार्थ ऊर्जा द्वन्द्वको व्याख्या गर्दछ
भौतिकशास्त्र र कविता जीवनलाई राम्रो बनाउनको लागि सजिलै संगै जान सक्छन्
गाहो शब्दहरू र भित्री अर्थको साथ मात्र, कविता बलियो हुने छैन
कविताको कुनै परिभाषा छैन, यो दूधिया बाटो भन्दा परका आकाशगंगाहरू जस्तै कम सीमा हो
गणित र भौतिकशास्त्रको बारेमा, एक साधारण कविताले सजिलै भन्न सक्छ ।

म्याक्स प्लान्क द ग्रेट

ब्रह्माण्डको सृष्टि पछि तुरुन्तै क्वांटम मेकानिक्सको विकास भयो

आधारभूत कणहरूको व्यवहार अस्थिर, अनियमित र विविध थियो

द्रुत रूपमा, इलेक्ट्रोन, प्रोटोन, न्यूट्रन, फोटोन उचित समयमा अस्तित्वमा आए

आवश्यक प्रारम्भिक स्पार्क र बल कहाँबाट आयो कसैलाई थाहा छैन

अरबौं वर्षसम्म, व्यवस्थित विलक्षणता अराजकता बढ्दो इन्ट्रोपीमा सारियो

के ब्रह्माण्ड, पदार्थ र ऊर्जा पुरानो प्रतिलिपि को नयाँ प्रोटोटाइप हो?

होमो सेपियन्स पृथ्वीमा आएपछि म्याक्स प्लान्कले क्वान्टम सिद्धान्त पत्ता लगाए

आधुनिक भौतिकी र क्वान्टम मेकानिक्स, उनको खोजले जन्म दियो

यद्यपि मानिस विकासको प्रक्रिया मार्फत संसारमा आएका थिए

इलेक्ट्रोन, प्रोटोन, न्यूट्रन कहिल्यै विकासको माध्यमबाट गएनन्, भौतिकशास्त्रसँग कुनै समाधान छैन

अझै पनि व्याख्यामा धेरै लिङ्कहरू हराइरहेका छन्, पदार्थ ऊर्जा कहाँबाट आयो

ब्रह्माण्डको सृष्टिमा, भौतिकशास्त्र र विकास मात्र खेल होइन ।

पर्यवेक्षकको महत्त्व

एक पटक संसार डायनासोर र अन्य सरीसृपहरूले शासन गरेको थियो
विकास र प्राकृतिक चयनको कारण, केही उड्न थाले
चतुर र सुस्त प्रजातिहरू समुद्र र समुद्रमा रहे
डायनासोरको सुनौलो शासनको समयमा, पृथ्वी सूर्यको वरिपरि घुम्छ
सूर्यमुखीलाई सूर्योदय र सूर्यास्त थाहा छ र तदनुसार
पृथ्वीको परिक्रमा र क्रान्तिको बारेमा कुनै जीवित प्राणीहरू चिन्तित थिएनन्
नेभिगेसनमा भन्दा पनि, प्रवासी चराहरू सही र धेरै चलाख थिए
हजारौं वर्षसम्म, होमो सेपियन्सलाई पनि क्रान्ति थाहा थिएन
जबसम्म बुद्धिमान ग्यालिलियोले संसारलाई दिमागमा उडाउने कट्टरपन्थी धारणा दिएनन्
जनावरहरूले परिक्रमा र क्रान्तिको सिद्धान्तको विरोध गरेनन्
तर साथी होमो सेपियन्सले ग्यालिलियो र उनको सिद्धान्तको दृढ संकल्पको साथ विरोध गरे
ग्यालिलियोलाई फरक सोच र उमेरको पुरानो विश्वासको विरुद्धमा जेल चलान गरिएको थियो
तर सत्यको अग्रदूतको रूपमा, उसले आफ्नो सिद्धान्तको पुष्टि गर्दछ र प्रतिरोध गर्ने प्रयास गर्दछ
उनका शब्दहरूले पर्यवेक्षकको महत्त्व देखाउँछन्
केवल ज्ञान र कल्पनाको साथ पर्यवेक्षकहरूले मात्र संसारलाई सदाको लागि परिवर्तन गर्न सक्छन्
हाम्रो सौर्यमण्डलको सुरुदेखि नै सापेक्षता थियो

आइन्स्टाइनले अवलोकन गरे र यसलाई भौतिक विज्ञानको नयाँ वस्तुको रूपमा राखे

पर्यवेक्षकको महत्त्व अब क्वान्टम उलझनको माध्यमबाट प्रमाणित हुन्छ तर वास्तविकता निरन्तर विच्छेदन हो र ब्रह्माण्ड पनि स्थायी छैन ।

हामीलाई थाहा छैन

के मृत्यु मानिसको तरंग कार्यहरूको पतन हो?

प्रोटोन, न्यूट्रन र इलेक्ट्रोनहरूको थुप्रोलाई क्षय गर्न समय चाहिन्छ

के मौलिक कणहरूको क्वान्टम उलझन गम्भीरतामा जारी छ?

हामीसँग क्वान्टम फिल्ड सिद्धान्त वा क्वान्टम मेकानिक्समा कुनै जवाफ छैन

एक मात्र आशा भनेको, सबै कुराको सिद्धान्तले यसलाई व्याख्या नगरेसम्म पर्खनु हो

तब पनि कसैलाई थाहा छैन, चिहान मुनि यो फिट हुनेछ कि छैन

समयको क्षेत्रमा, नयाँ सिद्धान्तहरू, परिकल्पनाहरू आउनेछन् र जान्छन्

प्रविधिको प्रगति अब कहिल्यै ढिलो हुने छैन

प्रत्येक सिद्धान्त र परिकल्पनाले सधैं नयाँ चमक ल्याउनेछ

तैपनि केही प्रश्नहरूको जवाफ, विज्ञान र दर्शनले भन्न सक्छ, हामीलाई थाहा छैन ।

के देखा परिरहेको छ

चेतना, क्वान्टम उलझन र समानान्तर ब्रह्माण्ड देखा परिरहेको छ
कुनै पनि कुराबाट सुरु भएको ठूलो धमाका बिस्तारै डाउनग्रेड हुँदैछ
निष्कर्ष कम्पन बिनाको गाढा ऊर्जा, कालो प्वाल, र एन्टिमाटर
ब्रह्माण्ड र समय यात्राको स्ट्रिंग सिद्धान्त र किनारा अझै पनि जटिल छ
आर्टिफिसियल इन्टेलिजेन्स र मानव मस्तिष्क जडान रोचक छ

परमेश्वर कण हामीले सोचे जस्तो सर्वशक्तिमान हुँदै गइरहेको छैन
कुनै पनि क्षण, आणविक युद्ध भड्किन सक्छ, र मानव सभ्यता डुब्न सक्छ
क्वान्टम भौतिकशास्त्र, प्रेम, घृणा, अहंकार र जैविक आवश्यकतासँग कुनै सम्बन्ध छैन
लैंगिक समानता र आकाश गुलाबी हुन धेरै हजार वर्ष लाग्नेछ
कसैले पनि वातावरण, पारिस्थितिकीको बारेमा चिन्ता गरेन र उनीहरूको आँखा चिम्लिएको देखेनन्

मानवको अनैतिकताले जीवित प्राणीहरूको पारिस्थितिक प्रणालीलाई पूर्ण रूपमा परिवर्तन गर्न सक्छ
तैपनि, मानव जीवन लोभ, अहंकार, ईर्ष्या र आत्मसम्मानको साथ जारी रहनेछ
गुरुत्वाकर्षण, आणविक शक्ति, विद्युत चुम्बकत्व आधारभूत रूपमा रहनेछ
मानव समाजलाई एकसाथ राख्न, प्रेम, लिङ्ग, र परमेश्वर सहायक रहनुहुनेछ
एक्सोप्लानेटमा पुग्न विज्ञान, प्रविधि को प्रगति घातीय हुनेछ ।

ईथर

हाम्रो बुबाले भन्नुभयो कि तिनीहरूले स्कूल र कलेजमा ईथर अध्ययन गरे
ईथरको बारेमा उहाँसँग धेरै जानकारी र गहिरो ज्ञान थियो

प्रकाश र छालहरूको प्रसारको व्याख्या गर्नमा एथरको महत्त्वपूर्ण भूमिका थियो

एथरलाई प्रकृतिमा भारहीन र पत्ता लगाउन नसकिने मानिएको थियो
तर सापेक्षतावाद र अन्य सिद्धान्तहरूको सिद्धान्तले यसको भविष्यलाई
आकाशको परिकल्पना हाम्रो स्कूलका पुस्तकहरूबाट हरायो
हाम्रो भौतिकशास्त्रका पुस्तकहरूमा, हाम्रा बुबाले
अब हामीसँग गाढा पदार्थ र गाढा ऊर्जा छ, ईथर पुरानो इतिहास हो
सय वर्ष पछि, गाढा ऊर्जा र कालो प्वालको उस्तै कथा हुन सक्छ
प्राकृतिक संसारमा जीवनको विकास जस्तै भौतिकशास्त्र पनि विकसित हुँदै गइरहेको छ
कुनै दिन, हाम्रा महान नातिनातिनाहरूलाई, कथाको रूपमा, आजको भौतिकशास्त्र बताइनेछ ।

स्वतन्त्रता पूर्ण छैन

स्वतन्त्रता निरपेक्ष छैन, यो सापेक्ष छ, समाज, राष्ट्र द्वारा प्रतिबन्धित छ
पूर्ण स्वतन्त्रता वांछनीय छैन र अराजकता र विनाश निम्त्याउन सक्छ
स्वतन्त्र इच्छा पनि प्राकृतिक शक्ति र क्वान्टम सम्भावनाले घेरिएको छ
स्वतन्त्र इच्छाको साथ कार्य गर्न, हामी मात्र आशा गर्न सक्छौं किनकि त्यहाँ
कम सम्भावना भए पनि, तरंग समीकरण ऋणात्मकमा संकुचित हुन सक्छ
यो किनभने, प्रकृतिमा सबै समान यार्डस्टिकसँग छैन
हाम्रो आशा चेतना र न्यूरोन्सको साथ जटिल भावनाहरू हुन्
वातावरणीय प्रतिबन्धका कारण तरंग प्रकार्यहरू संकुचित हुन सक्छन्
यसको मतलब यो होइन कि हाम्रो स्वतन्त्रले प्रकाशको रूपमा फोटोनहरू कहिल्यै देख्रेछैन
कहिलेकाँही परिणाम वा फल धेरै रोमाञ्चक र धेरै चम्किलो हुन्छ
नतिजा वा फल भविष्यको डोमेन नामको समयको उपज हो
हाम्रो लक्ष्य र कर्तव्य भनेको स्वतन्त्र इच्छाले उत्तम कार्य गर्नु, प्रकृतिलाई आराम दिनु हो ।

जबरजस्ती विकास, के हुनेछ?

विकास भाइरसबाट अमीबामा डायनासोर र अन्य प्रजातिहरूमा अगाडि बढ्छ
शक्तिशाली डायनासोर लोप भयो, तर धेरै प्रजातिहरू बाँचे र अगाडि बढे
लामो समय मा, होमो सेपियन्स अस्तित्वमा आयो र मातृभूमिले उत्तम इनाम पायो
समुद्रबाट किनारमा र हावामा उड्ने, बाँदरदेखि मानिससम्मको सम्बन्ध हराइरहेको भए तापनि
बगैंचा अदनमा मानव उत्पादन गर्न, अस्तित्वको लागि प्राकृतिक चयनको माध्यमबाट विकास भएको थियो

कुनै पनि विकास उच्च क्रमबाट सुरु हुँदैन र सोचाइको विकार बढ्छ
यो किनभने ब्रह्माण्डको एन्ट्रोपी कहिल्यै समयको क्षेत्रमा घट्दैन
समय भ्रम हुन सक्छ र विगत, वर्तमान र भविष्य बीचको पातलो भिन्नता छ
तर राम्रो गर्नु र अगाडि बढ्नु प्रकृतिको अन्तर्निहित सम्पत्ति र संस्कृति हो
मानव सभ्यतामा पनि कृषि पत्ता लगाउनु अघि आगो र पाङ्ग्रा आएको थियो

लाखौं वर्षसम्म जन्म र मृत्यु सबै जीवित प्राणीहरूको भाग हो, कमजोर वा बलियो
केही रूखहरू, कछुवा र ह्वेलहरू मात्र आरामसँग लामो समयसम्म बाँच्थे
वैज्ञानिकहरूले अब भने कि अमरत्व अरूको लागि होइन होमो सेपियन्सको लागि मात्र हुनेछ

अमर राज्यमा, हाम्रा पशु भाइहरूलाई के हुनेछ कसैलाई थाहा छैन के अमर मानिसहरूले आफ्ना पहिले नै मरेका आमा र बुबाहरूको लागि कहिल्यै शोक गर्नेछन्?

जवान हुनुहोस्

प्रकृति द्वारा मानवलाई दिइएको सय बीस वर्ष इष्टतम छ
यो दीर्घायु प्राकृतिक चयनको प्रक्रिया मार्फत आएको छ
कृत्रिम रूपमा मानवको दीर्घायु बढाउँदा, प्राकृतिक प्रक्रिया कमजोर हुन सक्छ
त्यहाँ कुनै पारिस्थितिक विनाश हुने छैन भनेर कसैले पनि दृढतापूर्वक भन्न सक्दैन
केवल होमो सेपियन्समा ध्यान केन्द्रित गर्ने, अरूलाई बेवास्ता गर्ने, मूर्ख कल्पना

वर्तमान संसारको अन्वेषण गर्न सय बीस वर्ष पर्याप्त छ
त्यस उमेरमा, ग्रह पृथ्वीमा बस्ने मानवको लागि, केही पनि अनकही रहँदैन
उसले आफ्नो मिशन, लक्ष्यहरू प्राप्त गर्नेछ र आत्म - बोधको चरणमा पुग्नेछ
उसको लागि उपभोक्ता उत्पादनहरू किन्नुको सट्टा, महत्त्वपूर्ण आत्मिकता हुनेछ
म शरीर र मनको सन्तुलन हुँ, नजिक र प्रियको प्रस्थानले शंकालाई धकेल्नेछ

विश्व अब यात्रा र पर्यटनको लागि समय बित्ने एउटा सानो ठाउँ हो
जब सौर्यमण्डल बाहिर मानव विकसित बस्ती, अधिक उमेर ठीक हुन सक्छ
एक्सोप्लानेटको यात्राको समयमा सापेक्षताले तिनीहरूलाई शारीरिक रूपमा जवान राख्न सक्छ

लाखौं प्रकाश वर्ष नयाँ स्थानमा बसोबास गर्न, मन पनि बलियो रहनेछ तबसम्म राम्रो, प्रेम, मुस्कुराउनुहोस्, खेल्नुहोस्, वातावरण बचाउनुहोस् र जवान हुनुहोस् ।

निर्धारिता, अनियमितता र स्वतन्त्र इच्छा

मैले स्वतन्त्र इच्छाले क्रसरोडमा शट रुट लिएँ
तर आँधीबेहरीको अनियमितताको कारण रूखहरू मेरो कारमा खस्छन्
के एक हप्ताको लागि अस्पतालको ओछ्यानमा मेरो समय पूर्वनिर्धारित थियो?
मसँग राजमार्गमा गन्तव्यमा अगाडि बढ्ने विकल्प थियो
बीच बाटोमा बिना कारण मेरो यात्रा कसले र किन रोकियो?

दैनिक जीवनमा हामी धेरै पटक भ्रमित हुन्छौं, किन मैले निर्णय लिएँ
यदि मैले अर्को बाटो लिएको भए, जीवन राम्रो अवस्थामा हुने थियो
मनको अनियमितताको कारण, हामीले आफूलाई बेवास्ता गर्न सकिने स्थितिमा धकेलेका थियौं
निःशुल्क इच्छाशक्तिले पनि, सधैं हामीलाई विचलित नगरी उत्तम उपलब्ध मार्ग प्रदान गर्दैन
स्वतन्त्र इच्छाको साथ पनि, के हाइजेनबर्गको अनिश्चितता सिद्धान्त मात्र समाधान हो?
भौतिक विज्ञानको ज्ञान वा कुनै ज्ञान छैन, चीजहरू जस्तो भयो त्यस्तै हुन्छ
उत्तम कार चालक, कहिलेकाँही असामान्य कार दुर्घटनामा भेटिए, र उनको मृत्यु भयो
आमा र नवजात शिशुलाई बचाउन, सिजेरियनमा, स्त्री रोग विशेषज्ञले सधैं प्रयास गरे
तर अनियमित रूपमा उनीहरूको प्रयास र अनुभवले कसैको लागि काम गरेन
स्वस्थ आमाको मृत्युको कारणहरू कसैले पनि व्याख्या गर्न सक्दैन ।

समस्याहरू

स्वयं, परिवार, इलाका, शहर, राज्य, देश, विश्व र ब्रह्माण्डमा सबै ठाउँमा समस्याहरू छन्

कहिलेकाँही दुई मानिस सँगै बस्न सक्दैनन्, जुन भिन्नताहरू तिनीहरूले समाधान गर्न सक्दैनन्

कहिलेकाँही धेरै मानिसहरू भएको संयुक्त परिवारमा, उनीहरूले समाधान गर्न सक्ने कठिन समस्या पनि

दश लाख भन्दा कमको सानो देश छुट्टिनका लागि वर्षौं लड्छ हजारौंको ज्यान लड्छ

अर्ब जनसंख्या भएको ठूलो देश, द्वन्द्व समाधान गर्छ र अगाडि बढ्छ, अवरोध हटाउँछ

हरेक दिन हामी लाखौं भाइरस र ब्याक्टेरियाको सामना गर्छौं, तैपनि हामी यो समस्यासँग बाँचिरहेका छौं

पारिस्थितिकी र वातावरणको विनाशले हाम्रो जीवन, थप बोझ

तैपनि, हामी परिवर्तनहरू अपनाइरहेका छौं, समस्या समाधान गर्ने हाम्रो आग्रह अचानक होइन

मानव डीएनए र सभ्यतामा द्वन्द्व समाधान संयन्त्र धेरै सान्दर्भिक छ

आश्चर्यजनक रूपमा युद्धको मामिलामा, मानव मनको अहंकारले द्वन्द्वलाई स्थायी बनाउँदछ

परिवारहरू भत्किएका छन्, भाइचारा वाष्पीकरण भएको छ, लोभ आकाशमा उडिरहेको छ

तर एक राष्ट्रको रूपमा, मानिसहरू अझै पनि एकजुटता र अदृश्य बन्धन देखाउँछन्

शत्रुहरू बीच प्राकृतिक प्रकोपको समयमा क्वान्टम उलझन खेल्न आउँछ

शत्रु राष्ट्रहरूले युद्धमा, मानवता, तिनीहरूको लडाई सेनाहरूको लागि सँगै काम गर्न अनुमति दिन्छ

द्वन्द्वहरूको समाधान सजिलो छ, यदि अगुवाहरूले आफ्नै हृदय प्रयोग गर्छन्, डमीहरू होइनन् ।

जीवनलाई साना कणहरू चाहिन्छ

भारहीन कण फोटोन बिना जीवन सम्भव छैन
नकारात्मक चार्ज गरिएको इलेक्ट्रोन बिना जीवन असम्भव छ
जीवनका लागि आवश्यक कार्बन, हाइड्रोजन, अक्सिजन र धेरै तत्वहरू
विकास र जैविक विविधता बिना, पृथ्वीमा मानव जीवनले प्रयास गर्न सक्दैन
वातावरण, पारिस्थितिकी, जैविक विविधता सबै नाजुक र मधुमक्खी जस्तै छन्

होमो सेपियन्सले सोचे कि तिनीहरू सौर्यमण्डलका राजा हुन्
हामी बिर्सन्छौं कि अन्य जीवित प्राणीहरू जस्तै, हाम्रो अस्तित्व पनि अनियमित छ
हामीले यो महसुस गर्नु अघि धेरै चलहरूले हाम्रो स्याउ कार्टलाई पटरीबाट हटाउन सक्छ
गति र स्थितिको सटीक पूर्वानुमान हिट गर्न असम्भव छ
मानव रिट बिना अप्रत्याशित र अज्ञात कुराहरू हुन सक्छन्

हाम्रो जीवनको विगत र भविष्य पनि हाम्रो नियन्त्रण बाहिर छ
पृथ्वीमा जीवन पेट्रोल र गस्ती भन्दा बढी अस्थिर छ
प्रेम, भाइचारा, खुशी, आनन्द हामी सजिलै बनाउन वा तोड्न सक्छौं
संसारलाई सुन्दर र स्वर्गीय स्थान बनाउनको लागि, हामीले
अन्यथा डायनासोर जस्तै, यस संसारबाट, हामी प्याक गर्न बाध्य हुनेछौं ।

पीडा र आनन्द

आनन्द र पीडा जीवनको दुई अविभाज्य घटकहरू हुन्
अस्तित्वको हरेक क्षेत्रमा सापेक्षता र उलझन कार्य
शरीरको दुखाइ अनुहारको अभिव्यक्तिको माध्यमबाट व्यक्त गर्न सकिन्छ
साथै, मनको पीडा शरीरमा प्रतिबिम्बित हुन सक्छ यदि हामी लुकाउँछौं भने पनि
जीवन चलाउनको लागि मन र शरीरको सम्बन्ध यति पूर्ण रूपमा उलझिएको छ

पदार्थको भौतिक शरीर बिना मनको अस्तित्व छैन
तर दिमाग बिना, परमाणुहरूको ढेरले बाहिर र राम्रो केहि गर्न सक्दैन
पदार्थ ऊर्जा समीकरण धेरै सरल छ तर प्रदर्शन गर्न गाह्रो छ
मनको शरीरको उलझन पनि एक फरक तरंग रूप हुन सक्छ
मनको शरीरको उलझनको माध्यमबाट हाम्रो अभिव्यक्ति पनि अनियमित छ
प्रकृतिलाई पदार्थलाई ऊर्जामा रूपान्तरण गर्ने सरल तरिका थाहा छ र यसको विपरित
त्यसकारण ताराहरू, आकाशगंगाहरू, ब्रह्माण्ड र हामी सबै यस ग्रहमा अवस्थित छौं
पदार्थलाई ऊर्जामा रूपान्तरण गर्ने संयन्त्रहरू र यसको विपरित, जीवित प्राणीहरूमा अन्तर्निहित छ
जब मानव सभ्यताले यो सरल चाल पत्ता लगाउन सक्षम हुन्छ
प्रकाश संश्लेषणको लागि क्लोरोफिल हाम्रो आनुवंशिक इट्टाको भाग हुनेछ ।

भौतिकशास्त्रको सिद्धान्त

गरिब र धनी, जोसँग छ र छैन
भौतिकशास्त्रको नियम सबैमा समान रूपमा लागू हुन्छ
हरेक जीवित प्राणीको लागि, स्याउ सधैं खस्नेछ
यद्यपि स्याउको रूख छोटो वा अग्लो हुन सक्छ
गुरुत्वाकर्षण सबै खेलहरूको लागि समान छ, चाहे क्रिकेट होस् वा फुटबल

भौतिकशास्त्रको सौन्दर्य यो हो कि यसले कहिल्यै भेदभाव गर्दैन
कानूनको शासन जस्तो होइन, जसले सधैं फरक पार्ने प्रयास गर्दछ
प्रकृति सरल छ त्यसैले पनि प्रकृतिको नियम, भौतिकशास्त्रले मात्र व्याख्या गर्दछ
कसरी सरल रूपमा, मानव मस्तिष्कले बुझ्न सक्छ तर्क मुख्य हो
प्रकृतिको कुनै पनि नियम बुझ्नको लागि, हामीलाई हाम्रो मस्तिष्कलाई तालिम दिन आवश्यक छ

भौतिकशास्त्रको अधिकांश परिकल्पना पहिले गणनाको माध्यमबाट व्युत्पन्न भएको थियो
त्यसैले केही प्राकृतिक घटनामा, हामीसँग सजिलो व्याख्या हुन सक्छ
प्रयोगहरूले परीक्षण गर्दा र गलत साबित हुँदा सिद्धान्तहरू
तिनीहरू सबै समय मानव सभ्यताबाट हटाइएका थिए
साँचो सिद्धान्तहरू प्रयोगहरूको परीक्षणको सामना गर्छन् र बलियो भए ।

जे पनि भएको छ

हाम्रो स्वतन्त्र इच्छाको बाबजुद, चीजहरू फरक फरक हुन्छन्
जे भए पनि हामीसँग यसलाई उल्टाउनुको विकल्प छैन
चीजहरू वा घटनाहरू हुन्छन्, जब यो हुनु पर्छ
वास्तविकतालाई स्वीकार्नु बाहेक हामीसँग अर्को विकल्प छैन
अहिले सम्म प्रविधिले हामीलाई विगतमा फर्काउन सक्दैन

भौतिकशास्त्र भन्छ, विगत, वर्तमान र भविष्य बीच कुनै भिन्नता छैन
सबै तीन डोमेनहरूमा, समय उही विशेषताहरू र प्रकृतिको हुन्छ
तर हाम्रो मस्तिष्क घटनाको क्षितिजमा प्रकाशको गतिले तारिएको छ
समय भनिने भ्रमले हाम्रो तात्कालिक स्थिति मात्र निर्धारण गर्न सक्छ
यो पनि कारण हुन सक्छ, किन धेरै धर्महरूले सोच्छन्, जीवन भ्रम हो

न त शास्त्रीय मेकानिक्स न त क्वान्टम मेकानिक्सको व्याख्या छ
एउटै डीएनए कोड भएका दुई मानिसहरूको भावनात्मक अभिव्यक्ति
किन फरक छ
यदि समय भ्रम हो र हामी त्रि - आयामिक होलोग्राममा बाँचिरहेका छौं भने
त्यसोभए कसरी र कसले यति ठूलो कार्यक्रम बनायो भन्ने प्रश्न हो
तर वास्तविकता यो हो कि, हाम्रो स्वतन्त्र इच्छालाई जबरजस्ती गर्न,
हामीसँग कुनै समाधान छैन ।

भावनाहरू किन सममित छन्?

गरिब वा धनी, सफल वा असफल सबै आधारभूत कणहरूको ढेर हुन्

शक्तिशाली राजाहरूको शरीरमा भएका परमाणुहरू तिनका प्रजाहरू भन्दा फरक थिएनन्

भावनाहरूले जातिहरूको पर्वाह नगरी उही खुशी, खुशी र आँसु ल्याउँछ

जब येशूलाई क्रूसमा टाँगियो, उहाँको शरीरको पीडा अरूभन्दा फरक थिएन

कसैलाई थाहा छैन, धर्म, राष्ट्रको नाममा, हामी किन अरूलाई मार्छौं

जनावरहरूमा पनि भावनाहरू उस्तै ढाँचाका र सममित छन्

जब मानिसहरूले तिनीहरूलाई आनन्दको लागि मार्छन्, मानवको भावना बौद्धिक हुँदैन

मानवले कहिल्यै सोचेको थिएन कि ब्रह्माण्डमा सबै कुरा समान सामग्रीबाट बनेको छ

त्यसकारण येशूको क्रूसमा टाँग्नु महत्त्वपूर्ण छ, र सभ्यताको लागि परिधीय होइन

मानव जीवनको अस्तित्वको लागि, प्रेम, घृणा, क्रोध जस्ता भावनाहरू तर्कसंगत हुनुपर्छ

जब हामी जीवनको समरूपताको बारेमा बिर्सन्छौं र अरूलाई पीडा महसुस गर्दैनौं

येशूको बलिदान व्यर्थ हुनेछ, र हाम्रो जीवन पागल हुनेछ

यदि कणहरू असममित भएमा नैतिकता, नैतिकता, मानवता सबै ध्वस्त हुनेछ

भौतिकशास्त्र, दर्शन र विज्ञानका सबै सिद्धान्तहरू काल्पनिक हुनेछन्

यस संसारमा जीवित प्राणीहरूको अस्तित्वको लागि, समानता होइन, समरूपता आवश्यक छ ।

गहिरो अन्धकारमा पनि हामी अगाडि बढ्छौं

जब म जीवनको गहिरो अन्धकारमा प्रवेश गर्छु
म मेरो पकड बलियो बनाउने प्रयास गर्छु
बाटो सार्नको लागि धेरै चिप्लो छ
मेरो लाठी मेरो प्रार्थना भन्दा बढी महत्त्वपूर्ण छ
तैपनि, प्रार्थनाहरूले आगोको मक्खी जस्तै बाटो देखाउँछन्
अगाडि बढ्नको लागि, हरेक रात म प्रयास गर्छु
रातहरू कहिल्यै दिन बन्नेछैनन्
त्यो प्रकृतिको नियम हो
अँध्यारोमा, मैले अझ अगाडि जानु पर्छ
पतनबाट चोटपटक लाग्ने डर प्राकृतिक छ
चट्टानबाट अन्तको यात्रामा हाम फाल्नु असामान्य छ
हामी आनुवंशिक कोड र वृत्ति को दास हौं
अन्धकारमा पनि अगाडि बढ्नु र बाँच्नु आधारभूत कुरा हो
त्यसैले, म अगाडि बढिरहेको छु, मलाई मेरो गन्तव्य थाहा छैन
तर गहिरो अन्धकारमा स्थिर रहनु समाधान होइन ।

अस्तित्वको खेल

पर्यवेक्षक र आधारभूत कणहरू बीचको गतिशील सन्तुलन महत्त्वपूर्ण छ

तल्लो क्रमका जनावरहरूको लागि, आँखाको दृष्टि र यौन प्रजनन बिना, एक फरक ब्रह्माण्ड अवस्थित छ

तिनीहरू सुन्दर संसारको विविध सौन्दर्यको बारेमा सचेत छैनन्, यद्यपि तिनीहरूसँग संवेदी संयन्त्र छ

संसार र आकाशगंगाहरूका लागि, तल्लो क्रमका जीवित प्राणीहरूको फरक धारणा हुन सक्छ

तर तिनीहरू ब्रह्माण्डमा पर्यवेक्षकहरू पनि हुन्, डबल स्लिट प्रयोगले यसलाई निस्सन्देह प्रमाणित गर्दछ

अन्धोपन भएका मानिसहरूमा पनि, संसारको बारेमा फरक धारणा हुनेछ

तिनीहरूको आफ्नै कल्पना र अरूबाट सुनेर मात्र, ब्रह्माण्ड प्रकट हुनेछ

पुरानो समयमा श्रवण सहायता बिना बहिराले सोचेको हुन सक्छ, संसार मौन छ

छ जना अन्धा मानिसहरूले हात्तीको भ्रमणको कथा केवल एउटा कथा मात्र होइन, तर धेरै सान्दर्भिक छ

दृश्य र अदृश्य संसारमा सबै कुरा क्वान्टम उलझनको माध्यमबाट अनौठोसँग जोडिएका छन्

मेरो लागि एक पटक म मरेपछि ब्रह्माण्डको कुनै अस्तित्व छैन, हाम्रा पुर्खाहरूको लागि, पहिले नै ब्रह्माण्ड अवस्थित छैन

अवलोकन अन्तरिक्ष, समय, पदार्थ र ऊर्जाको अस्तित्वको लागि दुई - मार्ग प्रक्रिया पनि हो

म बिना, मेरो लागि, चाहे ब्रह्माण्ड विस्तार भइरहेको छ वा संकुचन भइरहेको छ, एक कोरोलरी पनि होइन

म जतिसुकै सानो भए तापनि, जबसम्म म यसको डोमेनमा अवस्थित छु, ब्रह्माण्डले पनि मलाई अवलोकन गर्न सक्छ

मेरो प्रस्थान पछि, चाहे ब्रह्माण्ड मेरो लागि अवस्थित छ, वा म ब्रह्माण्डको लागि अवस्थित छु, उस्तै छ ।

प्राकृतिक चयन र विकास

प्राकृतिक चयन र विकास सधैं अप्टिमाइजेसन र सबै भन्दा राम्रो प्राप्त गर्न को लागी हो

तर होमो सेपियन्सको विकास पछि, यस्तो देखिन्छ कि प्रकृतिले लामो आराम लिइरहेको छ

विनाश र निर्माणको लागि प्रविधि मानिसहरूले डिजाइन र विकास गरेका छन्

हामीले अब भोक हटाउन आनुवंशिक रूपमा ईन्जिनियर गरिएको खाना पाएका छौं, तर बर्ड फ्लूले हामीलाई हाम्रो कुखुरालाई मार्न बाध्य पार्यो

आणविक प्रविधि ऊर्जा आपूर्ति गर्न र संसारको विनाशको लागि पनि हो

कसैले पनि ग्यारेन्टी दिन सक्दैन कि, एक दिन आणविक बटन खुल्नेछैन

प्रकृतिले सजिलै मानव टाउकोलाई सममित बनाउन सक्थ्यो, चार आँखा र चार हातले

त्यसपछि मानव सभ्यताबाट सदाको लागि ब्रुटसको पछाडिको छुरा हान्ने

दुई आँखा भएको एक टाउको हुन सक्छ र दुई हात प्रकृतिको उच्चतम इष्टतम स्तर हो

मानवको शारीरिक संरचनाको थप विकास प्रकृतिद्वारा समर्थित छैन

जेनेटिक ईन्जिनियरहरू र आर्टिफिसियल इन्टेलिजेन्सले यो गर्नुपर्छ कि पर्दैन भन्ने नैतिक प्रश्न हो

तर यदि हामीले श्रोडिंगरको बिरालोलाई बाकसमा राख्छौं भने, मानवताले कसरी तार्किक समाधान प्राप्त गर्नेछ?

भौतिकशास्त्र र डीएनए कोड

How physics and quantum mechanics will explain morality and नैतिकता

यी मानव जीवनमा महत्त्वपूर्ण छन्, र भावनाहरूको अभिव्यक्ति आधारभूत कुरा हो

नैतिकता, नैतिकता, इमानदारी, भाइचारा सभ्यता बिना सम्भव छैन

अनियमित क्वान्टम कक्षामा मानव जीवन विनाशकारी र भयानक हुनेछ

यो सही हुन सक्छ, र मानिसहरूको हत्या रोक्न, केवल कानूनद्वारा, असम्भव हुनेछ

मानव जीवन हामीले जीवविज्ञान मार्फत अनुमान गर्न र व्याख्या गर्न सक्ने भन्दा बढी जटिल छ

कुनै धर्मशास्त्रमा कुनै इतिहास उपलब्ध छैन, हामी कसरी बाँदरबाट मानव भयौं, कालक्रमको साथ

तैपनि, हामी क्यान्सरको रोकथाम र उपचारात्मक औषधि आविष्कार गर्न अन्धकारमा छौं

के आनुवंशिकी र कृत्रिम बुद्धिमत्ताले संसारबाट सबै रोगहरू सदाको लागि हटाउन सक्छ?

हामी यथार्थको सत्यतर्फ अगाडि बढ्दै जाँदा, उत्तरहरू भन्दा धेरै प्रश्नहरू

जीवनको अनिश्चितताले हाम्रो डीएनएमा भय र अन्धविश्वासको कोड लेखेको छ

जन्म र मृत्युको कारण, वैज्ञानिक सिद्धान्तहरूमा, कुनै प्रमाणित समाधान छैन

अलौकिक शक्तितर्फ, अनिश्चितता सिद्धान्तले बरु विश्वासलाई बलियो बनाउँछ

भौतिकशास्त्रका सिद्धान्तहरूको साथसाथै हाम्रा विश्वासहरूसँग प्याडल गर्नुको कुनै विकल्प छैन

डीएनए कोड परिवर्तन गर्न प्रमाणित परमेश्वरको समीकरण बिना, धर्म फस्टाउन जारी रहनेछ ।

वास्तविकता के हो?

के वास्तविकता केवल भौतिक संसार हो, हामी हाम्रो अंगहरूसँग देख्न र महसुस गर्न सक्छौं?

वा यो केवल एक भ्रम (माया) हो जसरी धर्महरूले व्याख्या गरेका छन्

के क्वान्टम भौतिकी र मौलिक कणहरू वास्तविक खेलाडीहरू हुन्?

त्यसोभए हाम्रो चेतना र अन्य मानवीय भावनाहरूको बारेमा के हुन्छ

अब, भौतिकशास्त्रले यो पनि भन्छ कि क्वान्टम ब्रह्माण्डमा, हामी स्थानीय रूपमा मात्र वास्तविक छौं;

जीवन, चेतना, प्राण र परमेश्वरको उद्देश्य अझै पनि भौतिकशास्त्रको दायराभन्दा बाहिर छ

हाम्रो अनुभव र सभ्यताको शिक्षाले सधैं हाम्रो नैतिकता विकास गर्दछ

बच्चा, जवान र मर्दै गरेको मानिसका लागि वास्तविकता गतिशील र फरक छ

तैपनि, प्रेम, घृणा, ईर्ष्या, अहंकार र अन्य भावनाहरू आनुवंशिक कोड हुन्

यी सबै गुणहरू र प्रवृत्तिहरू, शिक्षाहरू र अनुभवहरू पनि मेट्न सक्दैनन्

वास्तविकता बुद्धिमान क्वान्टम कणहरू जस्तै प्याकेटहरूमा पनि आउँछ

चेतना, विच्छेदन बिना, संसारमा जीवन सम्भव छैन

यदि वास्तविकता भ्रम हो भने, के हामी कसैले सिर्जना गरेको होलोग्रामको संसारमा बाँचिरहेका छौं

विज्ञानले पनि अब भनिरहेको छ, वास्तविकता को यो अवधारणा पूर्ण बेतुकापन होइन

जबसम्म हामी समानान्तर ब्रह्माण्डको बारेमा पुष्टि गर्दैनौं, हामी यहाँ प्रेम, भाइचारा र सहानुभूतिका साथ बाँचौं ।

विरोधी शक्तिहरू

हरेक दिन खुशी रहनु मानव जीवनको उद्देश्य हो
वा केवल सान्त्वना र दुखाइ कम गर्नको लागि हामीले प्रयास गर्नुपर्छ
के लामो समयसम्म बाँच्नु र धन संचय गर्नुले सबै उद्देश्य पूरा गर्छ
वा सौन्दर्य र सत्यको खोजी हरेक मानवले प्रस्ताव गर्नुपर्छ
ती सबै कुराहरू मध्ये कुनै पनि मानिसले विरोध गर्न सक्दैन

यदि हामी भौतिक जीवन त्याग्छौं र भिक्षु बन्छौं भने पनि
दुखाइ, रोगहरू र कष्टहरू आउन सक्छन् र हङ्क गर्न बाध्य हुन सक्छन्
भिक्षु र प्रबुद्ध प्रचारकहरूलाई पनि भोक लाग्छ
मानिसहरू फेरि सामान्य जीवनमा फर्कन्छन्, त्याग भनेको भूल थियो
बादल र गर्जन बिना पृथ्वीमा वर्षा हुँदैन

प्रकृतिको आधारभूत प्रवृत्ति मध्ये एक विविधतालाई सहज बनाउनु हो
विविधता बिना, मानव जातिले पनि समृद्धिको आशा गर्न सक्दैन
प्रोटोन र न्यूट्रनको साथ, इलेक्ट्रोनहरू पनि एकजुटतामा हुनुपर्दछ
समरूपता बिना सबै मानवीय भावनाहरू पनि अस्तित्वमा आउन सक्दैनन्
मानव शरीरमा जीवन रहस्यमय र प्रशंसायोग्य छ ।

समयको मापन

समय एक भ्रम मात्र हो, र त्यसैले यसलाई स्पेस - टाइम डोमेन भनिन्छ, यो जान्न महत्त्वपूर्ण छ

वर्तमान क्षणको अस्तित्व धेरै नाममात्र छ, मापनमा निर्भर गर्दछ

मापन दोस्रो, माइक्रो - सेकेन्ड, नानोसेकेन्ड वा त्यसभन्दा पछाडि हुन सक्छ

विगत, वर्तमान र भविष्य वर्तमान मानव मस्तिष्क द्वारा बुझ्नको लागि ओभरल्याप हुनेछ

भौतिकशास्त्रमा, विगतको वर्तमान र भविष्य बीच कुनै भिन्नता छैन र गति महत्त्वपूर्ण छ

एन्ट्रोपीको माध्यमबाट थर्मोडायनामिक सन्तुलनको लागि समय प्रकृतिको सम्पत्ति हुन सक्छ

वा तरंग प्रकार्य पतनको माध्यमबाट क्षय, र मृत्युको प्रकटीकरणको लागि एक प्रक्रिया

सौर्यमण्डलको लागि कुनै समय थिएन, ग्रहहरूले सूर्यलाई परिक्रमा गर्न सुरु गर्नु अघि

न त पदार्थ, न ऊर्जा, न मौलिक कण, न तरंग, र अझै समय वास्तविक मजा हो

भावनाहरू र जीवित प्राणीहरूको आधारभूत प्रवृत्तिहरू जस्तै, समय भ्रमपूर्ण छ, तैपनि यो समय सधैं चल्छ जस्तो देखिन्छ

अन्तरिक्ष, समय, गुरुत्वाकर्षण, आणविक शक्ति र विद्युत चुम्बकत्व यति पूर्ण रूपमा मिश्रित छन्

भौतिक डोमेनमा अन्य प्राकृतिक गुणहरूबाट समय छुट्याउन असम्भव छ

वर्तमान समय मापन प्रणाली मानव निर्मित समय तालिका मात्र हो

सापेक्षता पनि समानान्तर ब्रह्माण्डहरूसँग सापेक्षता हुनेछ यदि यो भौतिक रूपमा अवस्थित छ भने

मस्तिष्कको समझ र समयको मापन पूर्ण रूपमा फरक हुन सक्छ ।

प्रतिलिपि नगर्नुहोस्, आफ्नै थीसिस पेश गर्नुहोस्

उपवास, वर्तमान र भविष्य सबै परमाणु जस्तै जन्मको क्षणमा एकिकृत हुन्छन्

जन्म पछि, जीवन तुरुन्तै अस्थिर इलेक्ट्रोन जस्तै अनियमित हुन्छ

जीवन अगाडि बढ्दै जाँदा, यो इन्द्रेणीको बुलबुलेले विभिन्न रङहरू उत्सर्जित गरे जस्तै हुन्छ

साथै, एक पराजित युद्ध कैदी जस्तै बिस्तारै मृत्युको उपत्यकामा सर्दै

फेरि, विगत, वर्तमान र भविष्य एकिकृत र जीवन अग्रगामीको रूपमा समाप्त हुन्छ

पर्यवेक्षक संसारको अवलोकनको लागि अवस्थित हुनुपर्दछ, किनकि मृत्युपछि पदार्थ - ऊर्जा, अन्तरिक्ष - समयको कुनै अर्थ हुँदैन ।

एकिकृत क्षणदेखि एकिकृत क्षणसम्म जीवनलाई जीवन्त र महत्वपूर्ण बनाउनु प्रमुख कुरा हो

पर्यवेक्षकले प्रस्थान गरेपछि सबै कुरा अमूर्त र कुनै महत्त्वको हुँदैन

पीडा, सुख, अहंकार, खुशी, पैसा, धन सबै हराउनेछन् र फाल्नेछन्

बिन्दु देखि बिन्दु महत्त्वपूर्ण छ, जीवनबाट, प्रेम, खुशी, आनन्द र आनन्दले

यदि जीवन कम्पन मात्र हो भने, स्टिंग सिद्धान्तले व्याख्या गरे अनुसार, कसैले गिटार बजाइरहेको हुन सक्छ

पक्कै पनि उही धुन, अनन्त संगीतकारले हाम्रो लागि सधैंभरि खेल्ने छैन

जति सक्दो राम्ररी धुनमा नाच्नुहोस् र जबसम्म तपाईं हुनुहुन्छ तबसम्म आनन्द लिनुहोस्

कुनै पनि नर्तकले बेवास्ता गर्न नसक्ने घटनाहरूको प्राकृतिक प्रवाह वा यसको परिणाम हामी प्रतिरोध गर्न सक्छौं

आफ्नै ikigai पछ्याउनुहोस् र धुनको आनन्द लिनुहोस्, र अन्तमा आफ्नो अद्भुत थीसिस पेश गर्नुहोस् ।

जीवनको उद्देश्य मोनोलिथ होइन

मौलिक कणहरूको अनियमितता र उद्देश्यहीन अस्तित्वमा
जीवन र अनुभवको आफ्नै उद्देश्य पत्ता लगाउन धेरै सजिलो वा सरल छैन
हरेक क्षण जब हामी अगाडि बढ्न खोज्छौं, त्यहाँ आन्तरिक र बाह्य प्रतिरोध हुन्छ
दिमाग इलेक्ट्रोन जस्तै अनियमित गतिमा चल्नेछ, गुरुत्वाकर्षणले हरेक गतिमा तान्नेछ
जैविक आवश्यकताहरू पूरा गर्न, हामी खाना, कपडा र आश्रय प्राप्त गर्ने काममा व्यस्त हुनेछौं

यो राम्रो छ कि हाम्रा पुर्खाहरूले प्रतिलिपि अधिकार नराखी आगो, पाङ्ग्रा, कृषि आविष्कार गरेका छन्
अन्यथा, प्रगति, सभ्यता विविध र रंगीन हुने थिएन, तर पानी तंग हुने थियो
पुरानो सभ्यताको समयमा पनि, केही मानिसहरू शारीरिक आवश्यकताभन्दा बाहिर जीवनको उद्देश्यको बारेमा चिन्तित थिए
त्यसैले, समाज र मानवजातिको लागि, तिनीहरूले मानव लोभलाई सन्तुलित गर्न परिकल्पना, दर्शन
तर अहिले सम्म, जीवित, विज्ञान र दर्शन बाहेक, मानव नस्लको उद्देश्य के हो भनेर औंल्याउन असफल भयो

हामी मध्ये धेरैको लागि, जीवनको उद्देश्य सौन्दर्य र सत्यको खोजी गर्नु हो
हाम्रो अस्तित्व कुनै पनि कारण बिना भ्रम हुन सक्छ, तर हाम्रो आफ्नै कथा, सुन्दर रूपमा हामी रचना गर्न सक्छौं

अन्तमा, हामीले हाम्रो उद्देश्य पत्ता लगाउन सकेका छौं कि छैनौं, हामीले मृत्युको व्यवस्था पालन गर्नुपर्छ

खुसी रहनुहोस् र प्रेम, परोपकार र आफ्नै विश्वासको साथ संसारको यात्रा गरेर जीवनको आनन्द लिनुहोस्

कुनै पनि मानिस टापु होइन, मानव जीवन निरन्तर विकासको माध्यमबाट विकसित भइरहेको छ, उद्देश्य मोनोलिथ होइन ।

के रूखहरूको कुनै उद्देश्य छ?

के तल्लो चेतना भएको एक स्ट्यान्डअलोन रूखको कुनै उद्देश्य छ?

न त हिंड्न सक्छ, न त बोल्न सक्छ, न त प्रेम, अहंकार वा घृणा जस्ता भावनाहरू

बाँच्नका लागि खाना मात्र आवश्यक छ, त्यो पनि कच्चा माल हावा, पानी र सूर्यको प्रकाश निःशुल्क हुन्छ

प्रकाश संश्लेषणको माध्यमबाट क्लोरोफिलको माध्यमबाट आफ्नै खाना तयार पार्नुहोस् र रूखको रूपमा खडा हुनुहोस्

भविष्यको लागि सन्तान बाँच्ने र पुनरुत्पादन गर्ने प्रवृत्ति बाहेक कुनै स्वार्थ छैन

तर इकोसिस्टममा, समग्रमा रूखहरूको अन्य जनावरहरूको लागि धेरै ठूलो उद्देश्य छ

चराहरू र कीराहरूमा पनि रूखहरू भन्दा उच्च चेतना हुन सक्छ

यद्यपि रूखहरू बिना, चराहरूसँग खाना वा आश्रय छैन वा सास फेर्नको लागि धेरै आवश्यक अक्सिजन छैन ।

उच्च क्रमको जनावर, हात्ती, परमाणुहरूको ठूलो एकत्रीकरणको साथ जंगल बिना बाँच्न सक्दैन

समग्रतामा, सँगै बस्नका लागि, रूखहरूको वरिपरि, बाँच्नका लागि अन्य जीवित प्राणीहरूलाई संरचनाहरू अनुमति दिनुहोस्

हामी होमो सेपियन्स, उच्चतम स्तरको चेतनाको साथ रूखमा समान रूपमा निर्भर छौं

तर हाम्रो चेतनाले हामीलाई अनुमति दिन्छ कि, सर्वोच्च जनावर भएर, रूखहरू काट्नको लागि हामी स्वतन्त्र छौं

बुद्धिमत्ता र प्रविधिको साथ, हामी आफ्नै इकोसिस्टमहरू बनाउन सक्षम छौं

अक्सिजन पार्लरहरू सहित कंक्रीट जङ्गलहरू, सँधै मनपर्ने र राम्रो आश्रयस्थलहरू

विकासमा, रूखहरू हाम्रो अगाडि आए, र यदि हामीसँग उद्देश्य छ भने, यस विषयमा रूखहरू अपरिचित छैनन् ।

पुरानो सुन रहनेछ

आगो, पाङ्ग्रा र बिजुली, मानव सभ्यता परिवर्तन गर्ने आविष्कारहरू, अझै पनि सबैभन्दा महत्त्वपूर्ण छन्

जीवनको राम्रो गुणस्तर र विज्ञान, प्रविधि र सभ्यताको प्रगतिको लागि, तिनीहरू सर्वशक्तिमान छन्

आधुनिक सभ्यताको लागि, तिनीहरू अझै पनि अक्सिजन र पानी जस्तै छन्, जसको बिना जीवन रहन सक्दैन

आधुनिक सभ्यताको त्रिएकत्व, नयाँ प्रविधिहरूको बाबजुद, सँधै कायम रहनेछ

बिजुली बिना, आधुनिक आवश्यकता, कम्प्युटर र स्मार्टफोन पनि नष्ट हुनेछ

सभ्यताले पनि विकासको बाटो पछ्याउँछ, सबैभन्दा महत्त्वपूर्ण पहिले पत्ता लगाइएको

तर तिनीहरूको महत्त्व मानिसहरूको लागि हावा जस्तै अदृश्य हुन्छ, यद्यपि तिनीहरू जंग गर्न सक्दैनन्

हामी आगोको महत्त्व महसुस गर्छौं, जब खाना पकाउने ग्यास सिलिन्डर खाली हुन्छ र आगो हुँदैन

जब अवतरणको समयमा हवाईजहाजको पाङ्ग्रा बाहिर आउन असफल हुन्छ, हामीले महसुस गर्ने तनाव दुर्लभ हुन्छ

बिजुली बिना, सारा संसार रोकिनेछ, साझा गर्नको लागि कुनै सञ्चार बिना

पुरानो सुन हो, धेरै थप खोजहरू र आविष्कारहरूमा लागू हुन्छ, अब हाम्रो दिमागमा महत्त्वपूर्ण छैन

तर, एन्टिबायोटिक, र एनेस्थेसियाको बारेमा सोच्नुहोस्, जसको बिना, हाम्रो वर्तमान दिन स्वास्थ्य कसरी गर्न सकिन्छ

कम्प्युटर र स्मार्टफोनहरू अहिले लोकप्रियता र कथित नपुंसकता को शिखरमा छन्

तर तिनीहरू सभ्यता र मानवजातिको लागि अन्तिम र उत्तम समाधान होइनन्

केहि नयाँ र अनौंठो ग्याजेटहरू र प्रविधि, ढिलो भन्दा चाँडो, वैज्ञानिकहरूले फेला पार्नेछन् ।

भविष्यको लागि चुनौती

सभ्यताको इतिहास युद्ध, विनाश र मानिसहरूको हत्याले भरिएको छ
तर मानव निर्मित सबै परिस्थितिहरू पार गर्दै, सभ्यता रोकिएको छैन
प्राकृतिक प्रकोपले विगतमा धेरै समृद्ध सभ्यताहरू नष्ट गर्‍यो
तैपनि, जीवनको राम्रो गुणस्तरको लागि प्रगति र खोजीको गति
त्यहाँ खराब राजाहरू थिए, जसले लाखौंलाई मारिदिए, र राजा सोलोमन जस्तै बुद्धिमान पनि थिए

सबै आविष्कारहरू र आविष्कारहरू ब्ल्याक बक्सबाट बाहिर सोच्ने मानिसहरूद्वारा गरिन्छ
एक दिन मानिस सानो पोक्स जस्ता धेरै घातक रोगहरू हटाउन सक्षम भयो
आधुनिक भौतिकशास्त्रको विज्ञान ग्यालिलियो र न्यूटनको कल्पनाबाट सुरु भयो
आइन्स्टाइनले मानवतालाई भने, ज्ञान भन्दा कल्पना महत्त्वपूर्ण छ, प्रासंगिक छ
ब्रह्माण्डको अध्ययन गर्न, कल्पनाको साथ, वैज्ञानिकहरूले आफ्नो प्रतिबद्धता देखाइरहेका छन्

क्वांटम भौतिकीको सम्पूर्ण नयाँ संसार वास्तविकतालाई व्याख्या गर्ने सुन्दर कविता जस्तै बाहिर आयो
क्वान्टम मेकानिक्स मानव सभ्यताको लागि पनि खोलियो, असंख्य सम्भावना

तैपनि हामीसँग समय, ठाउँ र गुरुत्वाकर्षणको बारेमा उत्तरहरू भन्दा धेरै प्रश्नहरू छन्

नयाँ मानिसहरूले प्रकृतिलाई जान्न नयाँ परिकल्पना, सिद्धान्त र नयाँ प्रयोगहरू गरिरहेका छन्

उही समयमा, पारिस्थितिकी, वातावरण, र जैविक विविधतालाई सन्तुलित गर्नु भविष्यको लागि ठूलो चुनौती हो ।

सौन्दर्य र सापेक्षता

संसार महासागरहरू, पहाडहरू, नदीहरू, झरनाहरू र अधिकको साथ सुन्दर छ

रूखहरू, चराहरू, पुतलीहरू, फूलहरू, बिरालोको बच्चा, पिल्लाहरू, इन्द्रेणीहरू प्रकृतिको भण्डारमा छन्

तर सौन्दर्य निरपेक्ष छैन, र यो प्रकृति अवलोकन गर्ने व्यक्तिमा निर्भर गर्दछ

सौन्दर्यको भावना पुस्तादेखि पुस्ता र संस्कृतिबाट संस्कृतिमा परिवर्तन भएको छ

र यही कारण हो कि सौन्दर्य सापेक्ष छ, र सबैभन्दा महत्त्वपूर्ण कुरा, त्यहाँ एक पर्यवेक्षक हुनुपर्दछ

चेतना र हेर्नको लागि आँखा र महसुस गर्नको लागि मस्तिष्कको साथ पर्यवेक्षक बिना, सुन्दरताको कुनै महत्त्व छैन

मानवको लागि पनि, महासागरहरू मुनि अन्वेषण नगरिएको र नदेखिएको सुन्दरताको कुनै महत्त्व छैन

प्रकृतिको सुन्दरताको आनन्द लिनु व्यक्तिगत छनौट हो, र एक महिला पनि कसैको लागि बढी सुन्दर हुन सक्छ

यसको मतलब यो होइन कि पुरुष होमो सेपियन्स बिल्कुल सुन्दर छैनन्

पुरुष र महिलाहरूको लागि सौन्दर्यको परिभाषा फरक क्षांटमको छ ।

गतिशील सन्तुलन

आमा पृथ्वीलाई गतिशील सन्तुलनमा पुग्न लाखौं वर्ष लाग्यो
पृथ्वी र विकासको सुरुदेखि नै, प्रकृति पेन्डुलम जस्तै सर्यो
जब विश्व जलवायु गतिशील सन्तुलनको अवस्थामा पुग्यो र
विकासको प्रक्रियाले मानव भनिने बुद्धिमान जनावरहरू सिर्जना गरे
मानवले प्रगति र समृद्धिको आफ्नै अवधारणा सुरु गर्यो
प्राकृतिक परिदृश्य, वातावरणले उनीहरूलाई फोहोर बनायो
पहाडहरू तराईमा काटिए; जल निकायहरू बासिन्दा बने
वनलाई रूख र बोटबिरुवा काट्ने मरुभूमिमा परिणत गरियो
ठूला तालहरू पानीमा डुब्ने वनस्पति बन्नका लागि नदीहरू अवरुद्ध छन्
पानी चक्रको गतिशील सन्तुलन गिरावट सुरु हुन्छ
ग्लोबल वार्मिंगले अब जलवायुलाई अस्थिर परिवर्तनतर्फ धकेल्छ
मानिसद्वारा उत्पन्न प्रदूषण अहिले तिनीहरूको सहिष्णुता दायरामा छैन
बाढी, हिमनदी पग्लिनु, चिसो आँधीबेहरीले अहिले विनाश सृजना गरिरहेको छ
गतिशील सन्तुलन पुनर्स्थापना गर्न, नयाँ प्रविधि होमो सेपियन्स अनलक गर्नुपर्छ ।

मलाई कसैले रोक्न सक्दैन

कसैले मलाई रोक्न सक्दैन, कसैले मलाई विचलित गर्न सक्दैन
मेरो आत्मा अदम्य छ, मेरो मनोवृत्ति सकारात्मक छ
न आकाश न क्षितिज कुनै सीमित कारक हो
म आफै पनि मेरो चलचित्रको अभिनेता हुँ र निर्देशक पनि हुँ
बाधाहरू दिन र रात जस्तै आउँछन् र जान्छन्
तर मैले जीवनको कुनै पनि लडाइँमा हार स्वीकार गरिनँ
कहिलेकाँही, औंठीमा, मेरो स्थिति तंग थियो
तैपनि, मैले मेरो सम्पूर्ण शक्ति र सामर्थ्यले
मानिसहरू जो एक पटक मलाई पागल र पागलको रूपमा हाँस्छन्
अहिले व्यस्त भए पनि दैनिक रोटी र मक्खन कमाउने प्रयास गर्दै
यदि मैले तिनीहरूको टिप्पणी सुनेको भए र हार स्वीकार गरेको भए
आज, माटोमा खस्दै, मैले भनैं, यो मेरो भाग्य हो ।

मैले कहिल्यै सिद्धताको प्रयास गरिनँ, तर सुधार गर्ने प्रयास गरें

मैले कहिल्यै पनि कुनै पनि कुरा वा मेरो सृष्टिमा सिद्ध हुने प्रयास गरिनँ
पूर्णता गन्तव्य होइन तर निरन्तर प्रक्रिया हो
गुलाबलाई प्राकृतिक गुलाबभन्दा राम्रो बनाउन कोही पनि सक्षम छैन
प्रकृति पनि विकासको माध्यमबाट पूर्णताको यात्रामा छ
अरबौं वर्षपछि पनि प्रकृति अझै राम्रोको लागि अगाडि बढिरहेको छ;
जब हामी पूर्णतामा मात्र ध्यान केन्द्रित गर्छौं, हाम्रो चाल ढिलो हुन्छ
हाम्रो ध्यान हातमा रहेको गहनामा मात्र केन्द्रित छ, र यसलाई एक उत्तम मुकुटमा पालिश गर्नुहोस्
हामीले यात्राको क्रममा जीवनमा धेरै चीजहरू र विविध जंगल पनि छुटायौं
सिद्धताको खोजीले हाम्रो दर्शनलाई साँघुरो र जीवनलाई टर्नीमा सीमित बनाउँछ
राम्रो गर्न अभ्यास गर्नुहोस्, यसले प्रतिबन्ध बिना पूर्णतातर्फ लैजान्छ;
उत्कृष्ट भन्दा राम्रोको लागि बेन्चमार्किंग गर्नुहोस्, निरपेक्षको रूपमा होइन
परिवर्तन हरेक क्षण कुनै सूचना वा ओड बिना भइरहेको छ
प्रकृतिको नियम र आवेग परिवर्तन गर्नु र भोलिलाई अझ राम्रो बनाउनु हो
यदि हामीले सिद्धता प्राप्त गर्‍यौं भने, सत्य र सुन्दरता खोज्ने हाम्रो यात्रा समाप्त हुनेछ
जीवनको कुनै अर्थ हुनेछैन, त्यसैले ब्रह्माण्ड पनि फरक प्रकारको हुनेछ ।

शिक्षक

शिक्षक र विद्यार्थीको उलझन क्वान्टम उलझन जस्तै हो
असल शिक्षकसँग विद्यार्थीको सम्बन्ध स्थायी हुन्छ
आदर शिक्षकको व्यक्तित्व र गुणस्तरीय शिक्षाबाट आउँछ
हामीले असल शिक्षकबाट सिकेका कुराहरू, हाम्रो मन र हृदयमा सदाको लागि रहनुहोस्
शिक्षक दिवसमा हाम्रा सबै प्रिय र अद्भुत शिक्षकहरू हामी सम्झन्छौं

शिक्षकप्रतिको सम्मान विद्यार्थीमाथि थोपर्न वा जबरजस्ती गर्न सकिँदैन
चरित्र, व्यवहार र शिक्षण गुणस्तर बढी सान्दर्भिक छ
जब शिक्षक भावनात्मक र व्यक्तिगत समस्याको आवश्यकतामा साथी बन्छन्
विद्यार्थीको लागि, जीवनभर, शिक्षक एक प्रतीकको रूपमा रहन्छ
प्रेम र सम्मान दुई तरिकाको प्रक्रिया हो, यो हरेक शिक्षकमा अवस्थित हुनुपर्छ ।

भ्रमपूर्ण सिद्धता

पूर्णता एक कठिन पीछा, भ्रमपूर्ण र मृगौला हो
पुतलीको पीछा नगर्नुहोस् र यसको पखेटा बिगार्नुहोस्
हिजो भन्दा आज राम्रो गर्नु सजिलो दृष्टिकोण हो
तपाईं उचित समयमा आफ्नो इच्छित स्तरको पूर्णतामा पुग्नुहुन्छ
पूर्णतातर्फ अग्रसर हुने अभ्यास गर्नुहोस्, इन्च इन्च द्वारा इन्च
समुद्र तटमा परिवारसँग खेल्नु पनि महत्त्वपूर्ण छ
यसले तपाईंको कोबवेबहरू हटाउनेछ र थप अभ्यास गर्न मद्दत गर्नेछ
एक दिन, तपाईंले बालुवाको किनारमा उड्ने सुन्दर पुतलीहरू भेट्टाउनुहुन्छ
सिद्धताका साथ नयाँ चीजहरू सिर्जना गर्नु तपाईंको मूल हुनेछ
मानिसहरूले तपाईंको नतिजाको प्रशंसा गर्नेछन्, तपाईंको ढोकामा खडा हुनेछन् ।

आफ्नो मुख्य मानहरूमा अडिग रहनुहोस्

म सँधै मेरा सिद्धान्तहरू र मुख्य मूल्यहरूमा अडिग रहन्छु
त्यसोभए, मैले हराएको वा प्राप्त गरेको कुराको लागि मलाई कुनै पश्चाताप छैन
सत्य र इमानदारी, सबैभन्दा खराब अवस्थामा पनि, मैले कहिल्यै त्यागेको छैन
प्रतिबद्धताका लागि, म दिवालिया हुन रुचाउँछु
धोखाधडीको माध्यमबाट अरूलाई धोका दिनुको सट्टा
मेरो आर्थिक घाटा अब मेरो दीर्घकालीन लाभ साबित भएको छ
सत्यता, इमानदारी र प्रतिबद्धताले वर्षाको समयमा छाता प्रदान गर्‍यो
मानिसहरूले मलाई नचिनेर मेरो कोमलताको फाइदा उठाए
तर लामो समय मा, म अडिग रहे, मेरो दृढता कुञ्जी हो
मानिसहरू आए र गए, जब मेरो मूल्यमान्यताले उनीहरूलाई समर्थन गरेन
लगनशीलता र मुस्कुराहटका साथ, म आफ्नो क्षेत्रलाई अगाडि बढाउँछु
खाली पेटमा, जब म अरूलाई दोष नदिई आकाशमुनि सुत्थेँ
केही अदृश्य शक्ति सधैं मेरो बुबा जस्तै मेरो पछाडि खडा हुन्छ
इमानदारी, निष्ठा, सत्यता रकेट विज्ञान होइन
हामीले तिनीहरूलाई हाम्रो चेतना र अन्तस्करणको रूपमा फसाउनु पर्छ
पैसा वा धनको हिसाबले कसैले पनि नाप्न नसक्ने मूल्यहरू
सबै मूल्यहरू मसँग बस्नेछन्, र मृत्युमा पनि मसँग जानेछन् ।

मृत्युको आविष्कार

के मृत्युको आविष्कार वा खोज होमो सेपियन्सको पहिलो खोज हो?

आगो र पाङ्ग्रा भन्दा सभ्यताको प्रगतिमा मृत्युको बढी महत्त्व छ

समयको सीमाले मानिसहरूलाई अमरताको लागि प्रयास गर्न प्रोत्साहित गर्‍यो

अन्तमा, मानिसहरूले बुझे कि अमर बन्ने सबै प्रयासहरू व्यर्थता हो

मृत्यु नै अन्तिम वास्तविकता हो भन्ने महसुस गर्दै सभ्यता अघि बढ्यो;

बुद्ध, येशू र सत्यका सबै प्रचारकहरू अरू जस्तै मरे

तिनीहरूले यो पनि सिकाए कि मृत्यु बाहेक संसारमा सबै कुरा अवास्तविक छ

शान्ति र अहिंसा मानवजातिको लागि युद्ध भन्दा बढी महत्त्वपूर्ण छ

तैपनि, युद्ध मुक्त सभ्यताबाट, होमो सेपियन्स टाढा छन्

अब, फेरि, मानिसहरूले अमरताको लागि प्रयास गरिरहेका छन्, तारामा सर्दै छन्;

मृत्युको वास्तविकता थाहा पाएपछि पनि मानिसहरू झगडा गरिरहेका छन्

अमरताको साथ, एक प्रजातिको रूपमा, मानिसहरूको लागि यो एकीकरण गर्न असम्भव हुनेछ

आणविक हतियार हातमा लिएर, मानिसहरूले आफ्नै मृत्युको बारेमा बिर्सनेछन्

हरेक जीवित प्राणीको विनाश एक दिन हाम्रो भाग्य हुन सक्छ

लाखौं वर्ष पछि, केही प्रजातिहरूले युद्ध र घृणालाई पूर्ण रूपमा हटाउनेछन् ।

आत्मविश्वास

आत्मविश्वासले तपाईंमा आत्म - सम्मान ल्याउनेछ ।
आत्मविश्वास बिना तपाईं सपना पूरा गर्न सक्नुहुन्न
आत्मविश्वासको साथ, ज्ञान र बुद्धिले राम्रो काम गर्दछ
तपाईंको कडा परिश्रमले तपाईंलाई सबै मिलेर सपनातर्फ धकेल्नेछ
सपना वास्तविकतामा परिणत हुनेछ जब तपाईं हिंड्नुहुन्छ, भविष्यमा
लगनशीलता र लगनशीलता आत्मविश्वासको साथ आउँछ
दृढ संकल्पको साथ, तपाईं सजिलैसँग सबै प्रतिरोध हटाउन सक्नुहुन्छ
तपाईंका सपनाहरू ठूला र ठूला हुनेछन्
तपाईंको मनोवृत्तिमा, प्रत्येक चरणमा, यो ट्रिगर हुनेछ
तपाईंको मन सेट, प्रदर्शन, परिणाम सबै सदाको लागि परिवर्तन हुनेछ.

हामी अशिष्ट रह्यौं

जब हामी समयको दायरामा पछाडि जान्छौं
सबै कुरा सिद्ध थिएन, राम्रो थियो
होमो सेपियन्सको आगमन एक विशाल छलांग हो
त्यस पछि, हजारौं वर्ष, ढिलो प्रक्रिया प्रकृतिले
कहिलेकाँही केही दृश्यात्मक, श्रव्य बीप थियो
होमो सेपियन्स, अरूको लागि विकास, सदाको लागि सुत्ने अपेक्षा गर्नुहोस्
संसार बुद्धिमान मानिसहरूको जागीर बन्यो
सान्त्वना र आनन्दको लागि, तिनीहरूले धेरै कुराहरू पत्ता लगाए
तैपनि प्राकृतिक प्रक्रियाहरूले धेरै मानव जातिहरूलाई औंठीबाट बाहिर धकेले
प्राकृतिक शक्तिहरू होमो सेपियन्सको नियन्त्रणभन्दा बाहिर रहे
त्यसोभए, प्राकृतिक शक्तिहरू खाना खानका लागि मानिसहरूलाई राजीनामा दिन बाध्य तुल्याइयो
प्राकृतिक शक्तिहरूलाई नियन्त्रण गर्नुको सट्टा, मानिसले विविधतालाई नष्ट गर्‍यो
पारिस्थितिकी र वातावरणले यसको सौन्दर्य र बहुलता गुमायो
आफ्नै साथी होमो सेपियन्सको कसाई पनि सामान्य थियो
क्रुसेड र विश्व युद्धहरू लाखौंलाई अनियमित रूपमा मारेर लडेका थिए
शान्ति र सत्य सिकाउन खोजेकोमा येशूलाई धेरै पहिले क्रूसमा टाँगिएको थियो
तर अहिले सम्म प्रकृति, वातावरण, पारिस्थितिकी र मानवताको लागि, हामी असभ्य छौं ।

हामी किन अराजक बन्दैछौं?

शान्ति, शान्ति, एकरूपता र एक विश्व व्यवस्था सम्भव छैन
थर्मोडायनामिक्सको नियम कारण हो, यो धेरै सरल छ
अव्यवस्थित ब्रह्माण्डबाट क्रमतिर जानको लागि, इन्ट्रोपी तल जानु पर्छ
तर इन्ट्रोपीको नियम विज्ञान सबैभन्दा महत्त्वपूर्ण मुकुट मध्ये एक हो
आधारभूत कणहरूलाई क्रमबद्ध गर्न, समय उल्टाउनु पर्छ;
भौतिकशास्त्रमा, भूत, वर्तमान र भविष्य बीच कुनै भिन्नता छैन
जब हामी प्रकृतिका गुणहरूबाट यी देख्छौं तब सबै समान हुन्छन्
वर्तमान मापनको लागि मिलि, माइक्रो, वा नानोसेकेन्ड हुन सक्छ
यस्तो अवलोकन गर्नमा पर्यवेक्षकको अस्तित्व बढी महत्त्वपूर्ण छ
कालो ऊर्जा, एन्टिमाटर, र अन्य धेरै आयामहरू अझै सर्वशक्तिमानसँग छन्
सबै आयामहरू नबुझीकन, हामी हात्तीलाई व्याख्या गर्ने ब्लाइन्डहरू जस्तै ब्रह्माण्डको व्याख्या गर्न सक्छौं
तर अन्तिम सत्यलाई सरल रूपमा व्याख्या गर्नको लागि, सबै अज्ञात आयामहरू महत्त्वपूर्ण छन्
क्वान्टम सम्भावना अन्तरिक्ष - समय, पदार्थ - ऊर्जाको अनन्त डोमेनमा पनि सम्भावना हो
यदि हामी सबै अदृश्य आयामहरू व्याख्या र बुझ्न सक्दैनौं भने, भौतिकीले कसरी तालमेल ल्याउन सक्छ
यदि हामी सबै जान्न आकाशगंगाहरू तिर जानको लागि प्रकाशको गति को सीमा पार गर्छौं भने पनि

हामी फर्कनु अघि, आवश्यक ऊर्जाको अभाव र पतनको कारण हाम्रो सौर्यमण्डल ध्वस्त हुन सक्छ ।

बाँच्ने कि नबस्ने?

वैज्ञानिकहरू र अनुसन्धानकर्ताहरूले चाँडै नै मानव अमरताको भविष्यवाणी गरेका छन्
आर्टिफिसियल इन्टेलिजेन्सको साथ, त्यहाँ टेक्नोलोजिकल बूम हुनेछ
शारीरिक पीडा र मानव शरीरको पीडाको लागि, त्यहाँ कुनै ठाउँ हुनेछैन
कुनै काम नगरी जीवन आनन्द र आनन्दले भरिपूर्ण हुनेछ
सट्टा स्टकको बजारमा भविष्यको लागि लगानीको आवश्यकता छैन
रोबोटहरूले तयार गरेका खानाहरूको फरक स्वर्गीय स्वाद हुनेछ
शारीरिक शरीर, खेल र मनोरञ्जन सबै भन्दा राम्रो हुनेछ
मानिसहरूले काम र आराम बीचको भिन्नता बुझ्दैनन्
वैज्ञानिकहरूले सेवानिवृत्ति उमेर के हुनेछ भनेर भविष्यवाणी गरेका छैनन्
पहिले नै सेवानिवृत्त चरणमा रहेका मानिसहरूलाई के हुनेछ
प्रेम, घृणा, ईर्ष्या र क्रोध जस्ता मानवीय भावनाहरूको बारेमा कुनै भविष्यवाणी छैन
के शरीर बलियो हुँदै जाँदा थप झगडा र शारीरिक झगडा हुनेछ?
बाँच्नु वा न बाँच्नु व्यक्तिहरूमा छोडिनु पर्छ, मर्न रोक्ने कुनै नियम छैन
तर अमरत्व पछि पनि, म पक्का छु, त्यहाँ अलगाव र रुवाइ हुनेछ ।

ठूलो चित्र

ठूलो चित्रमा यस ब्रह्माण्डमा मेरो भूमिका के हो
कुनै ठोस जवाफ बिना गाह्रो प्रश्न
मेरो अस्तित्वको उद्देश्यको बारेमा जवाफ दिन अझ गाह्रो छ
मलाई विश्वस्त पार्न विज्ञान र दर्शनमा कुनै विशेष जवाफ छैन
मैले अगाडि बढ्नु पर्छ र अन्त सम्म एक्लै खोज्नु पर्छ
सत्यको खोजीमा मलाई साथ दिने कोही छैन
मेरो राम्रो आधा सहित सबैले फरक मार्ग रोजेका छन्
मेरो अनुभव र विश्वास, कसैले परिवर्तन गर्न सक्दैन, मैले रिबुट गर्नुपर्छ
तर जैविक मस्तिष्कको स्मृति मेटाउन र पूर्ण रूपमा उखेल्न गाह्रो छ
यो कुनै पनि निश्चित कारण र कारण बिना कुनै पनि समयमा दोहोरिन सक्छ
जबसम्म मेरो विश्वास, ज्ञान र बुद्धिले जीवनको कारण फेला पार्दैन ।

तपाईंको क्षितिज विस्तार गर्नुहोस्

असीमित ब्रह्माण्ड र सम्भावनाहरू हेर्नको लागि आफ्नो दिमागको क्षितिज विस्तार गर्नुहोस्

जब तपाईं आफ्नो ब्ल्याक बक्स र कम्फर्ट जोनबाट बाहिर जानुहुन्छ, तपाईं वास्तविकताहरू देख्न सक्नुहुन्छ

न दूरबीन, न टेलिस्कोपले तपाईंलाई अनन्त ब्रह्माण्ड महसुस गर्न मद्दत गर्न सक्छ

यो मानवजातिको कल्पनाशील शक्ति हो जसले क्षितिजभन्दा पर दर्शनहरू जगाउन सक्छ

आँखाले वस्तु मात्र देख्न सक्छ, तर मस्तिष्कले वैज्ञानिक कारणबाट मात्र विश्लेषण गर्न सक्छ

यदि तपाईंले आफ्नो दिमागको तोतालाई कम उमेरमा पिंजडाबाट बाहिर जान दिनुभएन भने

यसले वरपरको चरणमा अरूलाई मनोरञ्जन गर्न केवल केही शब्दहरू दोहोर्‍याउनेछ

जब तपाईं रंगीन चश्मा हटाउन भन्दा बाहिर हेर्नको लागि आफ्नो दिमाग विस्तार गर्नुहुन्छ, तपाईं चकित हुनुहुनेछ

तपाईंको आकाशगंगाहरू, धूमकेतुहरू र जीवनको वास्तविकतालाई हेर्ने तपाईंको दर्शन स्पष्ट हुनेछ, तपाईंको जीवन तपाईंले नाप्न सक्नुहुन्छ

जब तपाईंसँग प्रकृति, तपाईंको पदचिन्ह, भविष्य बुझ्नको लागि वास्तविक बुद्धि हुन्छ

मनको क्षितिज विस्तार गर्न सजिलो छ, किनभने कालो बाकसको चाबी तपाईंको हातमा छ

बालुवामा रहेको कुञ्जीबाट पुरानो शिक्षा र धार्मिक पूर्वाग्रहहरूको धुलो हटाउनुहोस्

यदि ग्यालिलियोले यसलाई लामो समय बनाउन सक्छ भने, तपाईंको जीवन, तपाईं सजिलै परिवर्तन गर्न सक्नुहुन्छ, अपमान गर्न नडराउनुहोस्

तपाईंको जीवन, तपाईंको बुद्धि, तपाईंको मार्ग कसैले पनि गुलाबी बनाउने प्रयास गर्ने छैन वा बुझ्ने प्रयास गर्ने छैन

यस ग्रहमा तपाईंको समय सीमित छ, त्यसैले जति चाँडो तपाईंले महसुस गर्नुहुन्छ, र कार्य राम्रो छ, यदि आवश्यक भएमा जीवनलाई मोड दिनुहोस् ।

मलाई थाहा छ ।

मलाई थाहा छ, म मर्दा कोही पनि रुन सक्दैन

यसको मतलब यो होइन; मैले मानिसहरूलाई माया गर्न छोड्नुपर्छ

मैले जन्म लिएको छैन वा मेरो मृत्यु पछि मगर आँसुको लागि काम गर्न बाँचेको छैन

बरु म मानिसहरूलाई प्रेम गर्नेछु र तिनीहरूको हृदयमा बस्नेछु

मेरो उदारता र सहयोग, कसैले मौनतामा सम्झनेछ

तसर्थ, मानिस र मानवजातिको भलाई गर्नु मेरो प्राथमिकता र समझदारी हो

मलाई स्वार्थको लागि स्वार्थी मानिसहरूको झूटो प्रशंसाको आवश्यकता छैन

निर्दोष सडक कुकुर र जनावरहरूलाई मद्दत गर्नु उत्तम हुन्छ

कम कार्बन प्रिन्ट र वृक्षारोपणले पनि राम्रो प्रभाव पार्नेछ

मेरो प्रेम र परोपकार कुनै फिर्ती वा केहि आशाको लागि होइन

यो भाइचारा र शान्तिपूर्ण वातावरण फैलाउनको लागि हो

घृणा र हिंसालाई सामाजिक घेराबाट बाहिर निकाल्न

पक्कै पनि, एक दिन, सबैलाई माया गर्ने र कसैलाई घृणा नगर्ने राजा हुनेछन् ।

उद्देश्य र कारणको खोजी नगर्नुहोस्

हामी हाम्रो इच्छा वा कुनै उद्देश्यको लागि कुनै स्वतन्त्र इच्छा बिना यस संसारमा आयौं

तैपनि, हाम्रो जन्म छोरा, छोरी, बहिनी वा उत्तराधिकारी हुनको लागि बहुउद्देश्यीय थियो

आमाबाबु, समाजले हाम्रा पुर्खाहरूले पत्ता लगाएका कुराहरू सिक्ने हाम्रो उद्देश्यलाई ठीक गर्छ

ज्ञान, सीप र बुद्धिको खोजीमा हाम्रो जीवन बहुउद्देश्यीय बन्छ

विवाह र बच्चाहरू भएपछि, नाभिक परिवार हाम्रो ब्रह्माण्ड बन्छ

सानै उमेरमा, हामीसँग जीवनको कुनै उद्देश्य वा अर्थको बारेमा सोच्ने समय थिएन

भौतिक चीजहरू प्राप्त गर्न, राम्रोसँग खानु र सुत्नु हाम्रो सबैभन्दा राम्रो उद्देश्य हो

जब हामी बूढो हुन्छौं, हामीले हाम्रो अस्तित्वको अर्थको बारेमा सोच्न थाल्यौं

हाम्रो जीवनको उद्देश्यको लागि, र प्रकटीकरणका कारणहरू हामी अनुनाद सुन्दैनौं

उद्देश्य र कारण नबुझेर धेरै मानिसहरू खुशीसाथ मर्छन्

उद्देश्य र कारणको लागि केही खोजहरूको लागि, जीवन मिरिज वा जेल बन्छ ।

प्रकृतिलाई माया गर्नुहोस्

जब हामी आफूलाई प्रकृतिबाट धेरै टाढा राख्छौं
हामी हाम्रो जीवनमा धेरै वास्तविकताहरू र धेरै खजानाहरू गुमाउँछौं
वातानुकूलन भएका शहरहरूमा बस्नु मात्र हाम्रो भविष्य हो
हामी अन्य प्राणीहरूको वासस्थानको लागि वनहरू बचाउने प्रयास गर्दैछौं
तर हाम्रो आनन्दको लागि प्रकृति र पारिस्थितिकीलाई नष्ट गर्ने

सभ्यताको सुरुदेखि नै, मानिसहरू प्रकृतिसँग आरामसँग जीवन बिताउँथे
तर अग्लो भवनहरूको विकास, स्मार्टफोनले यसलाई पूर्ण रूपमा परिवर्तन गर्‍यो
हामीले घरमा बसेर बढी क्यालोरी लियौं, र त्यसपछि व्यायामशालामा भुक्तानी गर्‍यौं
छिटो र अस्वस्थकर खाना खाँदा लाखौं मानिस क्याल्सियमको अभावमा पीडित हुन्छन्
प्रिमियम तिर्ने आधुनिक शहरहरूमा सय वर्ष बाँच्नुको मजा के हो

हामी बुढेसकालमा सान्त्वना र सुरक्षा पाउनको लागि धेरै मेहनत गर्छौं
तर बिर्सनुहोस् कि भ्रामक भविष्यको लागि, हामी पिंजरेमा हाम्रो वर्तमान बिगार्दैछौं
हाम्रो हजुरबुबाको जीवन राम्रो थियो, जसलाई हामी अहिले बर्बर ठान्छौं
आधुनिक प्रविधिहरूसँग जीवनलाई सन्तुलित गर्न र प्रकृतिलाई साहस चाहिन्छ
धेरै दशकसम्म कोमामा बस्नु वास्तविक जीवन होइन, तर खाली बाटो हो ।

जन्ममुक्त

जब हामी जन्मन्छौं, हामी उद्देश्य, लक्ष्य, मिशन र दर्शन बिना स्वतन्त्र जन्मन्छौं

हाम्रो हरेक आन्दोलनको लागि, आमाबाबु, परिवार र समाजको अलग - अलग थोपरेको छ

हाम्रो चेतना हामी बस्ने परिवेश र वातावरणबाट उत्पन्न हुन्छ

मूल्य प्रणाली पनि आनुवंशिक कोडहरू मार्फत होइन, तर आमाबाबु, शिक्षकहरूले के दिन्छन्

हामी स्वतन्त्र जन्मेका छौं, तर भाषा, पंथ, धर्म छनौट गर्ने स्वतन्त्र छैनौं जसरी हामी हाइभमा जन्मेका थियौं

हाम्रो दिमाग डर, शंका र साझा लक्ष्यहरूको लागि सीमित सोचको साथ बढ्छ

धेरै विभाजनहरूले हाम्रो मानसिकतालाई असर गर्यो, र हामीले बहुमतको आह्वान अनुसार हरेक कदम चाल्नु पर्छ

हामी स्वतन्त्र जन्मन्छौं, तर बाँच्नका लागि निहित कमीका कारण स्वतन्त्र हुन सक्दैनौं

होमो सेपियन्स आनुवंशिक रूपमा झुण्ड मानसिकतासँग हुन र सामाजिक बन्नको लागि तार लगाइन्छ

र जाति, धर्म, रंग, धर्मको नाममा हाम्रो जीवन राजनीतिक हुन बाध्य भयो

जब हामी वयस्कताका साथ नागरिक बन्छौं, हामी हाम्रो स्वतन्त्र इच्छा राख्न सक्छौं

यदि हामीले खेलको नियमहरू पालन गरेनौं भने, हाम्रो तथाकथित स्वतन्त्रता कुनै पनि समयमा, समाज बन्द हुन सक्छ

हामी स्वतन्त्र जन्मियौं, तर हाम्रो स्वतन्त्रता प्रतिबन्ध बिना स्वतन्त्र छैन, सबैले पालना गर्नुपर्छ

यदि तपाईंले आफ्नो समाज र राष्ट्रको इच्छाविपरीत कट्टरपन्थी कुरा गर्नुभयो भने, स्वतन्त्रता बुलबुला फुट्नेछ

मनको स्वतन्त्रता एक सीमा कम र अनन्त हो यदि तपाईं निडर हुनुहुन्छ र तपाईंको आफ्नै विश्वास छ भने ।

हाम्रो जीवन अवधि सधैं राम्रो हुन्छ

हाम्रो जीवनको दीर्घायु सधैं ठीक छ
प्रदान गरिएको समयमा हामी काम गर्न र खाना खान थाल्छौं
सप्ताहन्तमा साथीहरूसँग, हामी रमाउँछौं र रक्सी पिउँछौं
मेरो एकमात्र स्रोतको रूपमा हाम्रो आफ्नै समय प्रयोग गर्नुहोस्
मृत्यु अघि, पक्कै पनि हामी चम्किनेछौं;
हामी कहिल्यै सापेक्षता महसुस गर्दैनौं, हाम्रो कलेजको दिनमा
हामीसँग कहिल्यै समय थिएन, हाम्रा आमाबाबुले भनेका कुरा कहिल्यै सुनेनन्
हामीले हाम्रो वर्षायामका दिनहरू पनि आकाशमा इन्द्रेणी मात्र देख्यौं
एक पटक हामी पैंसठ्ठी वर्ष पछि रिटायर हुन्छौं र एक्लै बस्न थाल्छौं
सापेक्षतावादको सिद्धान्त स्वचालित रूपमा हाम्रो हर्मोनमा आउँछ;
हामी भन्नेछौं कि जीवन धेरै छोटो छैन र समय धेरै छिटो छ
एकान्त ग्रहको डोमेनमा सँधै, हामी
जीवन भनिने नाटकमा, इमानदारीका साथ, हामीले हाम्रो भूमिका निर्वाह गरौं
हाम्रो स्वास्थ्य, अंगहरू, गतिशीलता र मन खिया लाग्न थाल्नेछ
एक दिन, हामी धुलो भेला गरेर चिहानमा आराम गर्न पाउँदा खुसी हुनेछौं ।

मलाई माफ गर्नुहोस्

कसैले मलाई घृणा गर्छ, यो मेरो गल्ती हुन सक्छ

कोही मसँग रिसाएको छ, यो मेरो गल्ती हुन सक्छ

तर यदि कसैले मलाई डाह र ईर्ष्या गर्छ भने

गल्ती मेरो नहुन सक्छ, तर यो ठीक छ

तैपनि, म सबै घृणा गर्नेहरूलाई माया गर्छु र तिनीहरूमा मुस्कुराउँछु

म कहिल्यै उच्च महसुस गर्दिन, तर हीन महसुस गर्नु तिनीहरूको आफ्नै गल्ती हो

तिनीहरूले व्यर्थ बौद्धिक आक्रमणको प्रयास गरे

तर बदला लिन र क्षमा नगर्न, म सधैं संकल्प गर्छु

म अरूलाई खुसी पार्न मेरो प्रगति र आन्दोलन रोक्न सक्दिन

यसले मेरो रचनात्मकतालाई मार्नेछ र आत्मालाई सदाको लागि अगाडि बढाउनेछ

त्यसोभए, मेरा प्रिय मित्रहरू, म दुः खी छैन, न त म पछाडि जान सक्छु

म गरिरहेको छु, म मानवजातिको लागि के माया गर्छु, तपाईंको पुरस्कारको लागि होइन ।

चाँडै सुत्ने र चाँडै उठ्ने

चाँडै सुत्ने र चाँडै उठ्ने, मानिसलाई स्वस्थ, धनी र बुद्धिमान बनाउँछ

यो लोकप्रिय भनाइ सत्य वा गलत हुन सक्छ, कुनै वैज्ञानिक डाटा उपलब्ध छैन

तैपनि अलार्म घडी उठ्ने दिनको लागि प्रारम्भिक पाँच मिनेट धेरै महत्त्वपूर्ण हुन्छ

तपाईंले पाँच मिनेटको लागि आफ्नो वेकअप स्थगित गर्ने बारे सोच्नु अघि, तीन पटक सोच्नुहोस्

पाँच मिनेट कुनै श doubt्का बिना दुई वा तीन घण्टा हुनेछ

ढिलो दिनको गतिविधिहरू सुरु गर्न ढिलाइको लागि, तपाईं आफैं चिच्याउनुहुनेछ

आजको राम्रो काम आज गर्नु पर्ने हो, भोलिको लागि स्थगित गर्नु पर्ने हो

अर्को दिन, उही पाँच मिनेटले तपाईंको लागि थप दबाब र दुःख ल्याउनेछ

मिनेटहरू बिस्तारै दिनहरू, हप्ताहरू र महिनाहरू बिस्तारै बित्नेछन्

मौसमहरू तपाईंलाई चुपचाप नबताई सामान्य रूपमा आउँछन् र जान्छन्

तपाईं साथीहरू र अरूसँग खुशीसाथ नयाँ वर्षको दिन मनाउनुहुनेछ

बिहानै सुत्नु र बिहानै उठ्नु र अलार्मलाई राम्रोसँग रोक्नबाट बच्नु राम्रो हुन्छ ।

जीवन सरल भएको छ

जीवन यति सरल भएको छ, खाने, कुरा गर्ने वा स्मार्टफोन सर्फ गर्ने सबैभन्दा व्यस्त मल वा सडक वा लोकप्रिय खानामा, उस्तै दृश्य

प्रविधिले हाम्रो जीवनशैली र अभिव्यक्तिको तरिकालाई पूर्ण रूपमा परिवर्तन गरेको छ

तर प्रतिमानको नैतिक परिवर्तनको लागि, प्रविधिसँग कुनै समाधान छैन

मानिस व्यक्तिवादी र आत्मकेन्द्रित हुन्छ

नयाँ सभ्यताको कानमा, होमो सेपियन्ससँगै सबै प्रजातिहरू प्रवेश गरे

गुरुत्वाकर्षण र अन्य शक्तिको बिरूद्ध जान ऊर्जाको आवश्यकताहरू उस्तै रहे

भोक र आधारभूत प्रवृत्तिको इच्छा, अहिलेसम्म प्रविधिलाई वशमा पार्न सक्षम छैन

जीवन र मृत्यु, अस्तित्व र राम्रो जीवनको लागि संघर्ष, अझै पनि उस्तै खेल

प्रविधि सरल जीवनको लागि निरन्तर प्रक्रिया हो, गडबडीको लागि, हामी दोषी छौं ।

वेभ प्रकार्यको भिजुअलाइजेशन

क्वांटम वा प्राथमिक कणहरूको संसार ब्रह्माण्ड जत्तिकै अनौठो छ

लाखौं प्रकाश वर्ष टाढाको तारा जस्तै, हामी आँखाले कुनै पनि क्वांटम कण देख्न सक्दैनौं

यद्यपि हामीले देख्न, महसुस गर्न र छुन सक्ने हरेक पदार्थमा एलिमेन्टरी कणहरू हुन्छन्

हाम्रो मस्तिष्कको संयन्त्र प्रतिबन्धित छ, र अप्रत्यक्ष विधिबाट मात्र देख्न वा महसुस गर्न सक्छ

फोटोन वा इलेक्ट्रोनको उलझनको अवधारणा पनि रेकर्डमा अप्रत्यक्ष अवलोकन हो;

जुत्ताको जोडीको समानता मार्फत, उलझनको अवधारणा हामीलाई व्याख्या गरिएको छ

तर कप र ओठ बीच सम्बन्धित अन्तर्निहित अनिश्चितता, सधैं कणहरूसँग रहन्छ

दृश्यात्मक सामग्रीहरू बनाउन ब्रह्माण्डमा विभिन्न तरिकाले संयुक्त कणहरू

अझै पनि घाँटीको आँखाले सुन्दर प्रोटोन, न्यूट्रन, इलेक्ट्रोन, र फोटोन हेर्न सम्भव छैन

प्रयोगहरू मार्फत मात्र, प्राथमिक कणहरूको गुणहरूको बारेमा जान्न सम्भव छ;

चन्द्रमा वा नजिकका ग्रहहरूको बारेमा हाम्रो ज्ञान अझै व्यापक र पूर्ण छैन

प्राथमिक कणहरू, ब्रह्माण्ड र ब्रह्माण्डको बारेमा जान्न कसैले पनि समय सीमा तय गर्न सक्दैन

सभ्यताले नयाँ सिद्धान्त र परिकल्पना सिक्न, सिक्न र सिक्न बाध्य छ

तर चेतना, मन र आत्माको बारेमा जान्नु मानवको लागि हो, अझै पनि भ्रामक र आधारभूत कुराहरू

एक दिन, निश्चित रूपमा हामीले चेतनाको तरंग प्रकार्य पतन भेट्टाउनेछौं, केहि पनि प्रतिबन्धित गर्न सक्दैन ।

आठ अर्ब

प्रेम, लिङ्ग, परमेश्वर र युद्धले सभ्यताको पारिस्थितिक प्रणालीको भाग्य निर्धारण गर्दछ

वातावरण र पारिस्थितिकी गतिशील सन्तुलनमा हुनको लागि महत्त्वपूर्ण छ

प्रविधि एक दोहोरो धारको तरवार हो, हाम्रो बुद्धि अनुसार निर्माण वा विनाश गर्न सक्छ

प्राविधिक विकास, प्रेम, लिङ्ग, परमेश्वर र युद्धले कुनै बाधा पुर्‍याउन सक्दैन

प्रेम र यौन बिना, विकासको प्रक्रिया प्रगति बिना नै रोकिने थियो

रामायण, महाभारत, क्रुसेड, विश्वयुद्धलाई शल्यचिकित्सा समाधान भनिएको थियो

तर आज, प्रविधिले मानवजातिलाई नयाँ तरिका, बुद्धि र नयाँ दिशा प्रदान गरिरहेको छ

उही समयमा प्रविधिले वातावरण र पारिस्थितिकीलाई विनाशतर्फ धकेल्दैछ

जाति, पंथ, रंग, सीमा र धर्म माथि मानवजातिलाई एकताबद्ध गर्न परमेश्वर असफल हुनुभएको छ

केवल प्रेम र यौनले मानिसहरूलाई मानवको रूपमा एकताबद्ध गरिरहेको छ र हामीलाई आठ अर्ब बनाउन मद्दत गरेको छ ।

म

मेरो अस्तित्व संसार, सौर्यमण्डल र हाम्रो आकाशगंगाको लागि अमूर्त छ

किनभने म डिसअर्डर मात्र योगदान गर्न सक्छु र प्रणालीको इन्ट्रोपी बढाउन सक्छु

डिसअर्डरमा मेरो योगदानलाई उल्टाउने कुनै तरिका वा सम्भावना छैन

हाम्रो जीवनको अवधिमा ऊर्जा र पदार्थको न्यायसंगत प्रयोग हामीले विचार गर्न सक्छौं

इन्ट्रोपी कम गर्न थर्मोडायनामिक्सको कानूनबाट छुटकारा पाउनको लागि कुनै प्रविधि उपलब्ध छैन

मैले गर्न सक्ने एक मात्र कुरा, यस ग्रहमा प्रदूषण र मेरो कार्बन फुटप्रिन्ट कम गर्नु हो

म मेरा सँगी होमो सेपियन्सहरू बीच मुस्कान, प्रेम र भाइचारा पनि प्रचार गर्न सक्छु

मानिसहरूले यस सुन्दर ग्रहको वनस्पति र जीवजन्तुहरूलाई जानाजानी नष्ट गरिरहेका छन्

हामीलाई लाग्छ, हामी यस ग्रहमा प्राकृतिक स्रोतहरू उपभोग गर्न र नष्ट गर्न आएका छौं

तर यसले विश्वव्यापी जलवायु र यसको भविष्यका पाठ्यक्रमहरूलाई अपरिवर्तनीय रूपमा परिवर्तन गरेको छ

प्रविधिले हामीलाई फरक, कुशल र पुनः प्रयोगयोग्य ऊर्जा स्रोतहरू दिन सक्छ

तैपनि, एन्ट्रोपीको वृद्धि एक दिन विनाशकारी शक्तिहरूसँग विस्फोट हुनेछ ।

सान्त्वना मादक छ

सान्त्वना मादक र दुर्व्यसनी हो
खाना र आश्रयको इच्छा मोहक छ
तर सान्त्वना क्षेत्रमा हामी कम उत्पादक छौं
वैज्ञानिकहरूले सान्त्वना क्षेत्रमा बस्ने नयाँ चीजहरू कहिल्यै आविष्कार गर्न सक्दैनन्
आविष्कारको लागि, तिनीहरू एक्लै गहिरो समुद्रमा जानु पर्छ
मानिसहरूको खाना, आश्रय र लुगाको चाहनाले तिनीहरूलाई किनारमा राख्छ
बुद्धिमानले चाँडै बुझे कि माइग्रेसन र गति मूलमा छ
साहसी सान्त्वनाबाट बाहिर आए र समुद्रको गर्जनलाई बेवास्ता गर्दै पौडी खेल्न उफ्रिए
नयाँ चीजहरू अन्वेषण गर्ने र आविष्कारको मूल प्रयोग गर्ने इच्छा
प्रवासको कारण सभ्यता अगाडि बढ्यो र प्रगति भयो
अनिश्चितता भएको संसारमा कुनै सुरक्षित आश्रय छैन
सान्त्वना क्षेत्रको चाहना पनि क्वान्टम सम्भावनाले घेरिएको छ ।

स्वतन्त्र इच्छा र उद्देश्य

के जीवन बाँच्नुको उद्देश्य हो, बाँच्न र गुणा गर्न दिनुहोस्
वा जीवनको उद्देश्य सामूहिक रूपमा डीएनए कोडको रक्षा गर्नु हो
हामीसँग बाँकी एकल उत्पादन नगर्ने विकल्प छ
आनुवंशिक कोडको रक्षा गर्न, त्यहाँ त्रिकोण हुनुपर्दछ
बुबा, आमा र छोराछोरी बिना, कोड बकवास हुनेछ
स्वतन्त्रको निर्णयमा सधैं भूमिका हुन्छ
तर स्वतन्त्र इच्छा अनिश्चितता र चरसँग सम्बन्धित छ
भविष्यको डोमेनमा, स्वतन्त्र इच्छाको उद्देश्य अपाङ्ग हुन्छ
आफ्नो अन्तर्ज्ञानलाई पछ्याउनुहोस् र केवल आफ्नो इच्छा पूरा गर्नुहोस् सरल नियम हो
यदि तपाईंको स्वतन्त्र इच्छा र उद्देश्य कहिल्यै एकीकृत हुँदैन भने पनि नम्र हुनुहोस् ।

दुई प्रकारहरू

यस संसारमा केवल दुई प्रकारका मानिसहरू छन् जससँग हामी काम गर्थ्यौं

निराशावादी, सार्नको लागि कुनै पहल छैन, र आशावादी, सँधै अगाडि बढ्छ

धेरै सोचविचार नगरी मात्र गर्ने, र भोलिको लागि स्थगित गर्ने

एउटा सकारात्मक मनोवृत्ति भएको, र अर्को नकारात्मक मनोवृत्ति भएको

यदि हामीले परिणामहरूको बारेमा धेरै सोच्ने र विश्लेषण गर्ने हो भने, यो सुरु गर्न असम्भव छ

दिनको अन्त्यमा, र अन्तमा जीवनको अन्त्यमा, हाम्रो कार्ट खाली हुनेछ

एङ्कर हटाउनुहोस्, र भविष्यको आँधीबेहरी नसोचिकन जहाज चलाउन सुरु गर्नुहोस्

यदि तपाईं अनिश्चित कालसम्म सफा आकाशको प्रतीक्षा गर्नुहुन्छ भने, तपाईं कहिल्यै स्टारडम प्राप्त गर्न सक्नुहुन्न

वास्तविकतालाई स्वीकार गर्नुहोस् कि, जीवन अनियमित रूपमा मात्र क्वान्टम सम्भावना हो ।

वैज्ञानिकहरूको प्रशंसा गरौं

क्वान्टम संसारको विकास गर्ने सबै वैज्ञानिकहरूको प्रशंसा गरौं
हामी हाम्रो संवेदी अंगहरूसँग क्वान्टम कणहरू देख्न वा महसुस गर्न सक्दैनौं
तर हाम्रो मस्तिष्कमा बुझ्ने र दृश्यात्मक क्षमता छ
विज्ञानले प्रकृतिलाई प्रकट गर्न र बुझ्नको लागि लामो यात्रा तय गरेको छ
तैपनि हामी कहाँ उभिएका छौं हामीलाई थाहा छैन, अन्तिम बिन्दु धेरै टाढा वा धेरै नजिक छ;

वैज्ञानिकहरूले परिकल्पना गर्ने धेरै निद्राविहीन रातहरू बिताएका छन्
पछि, तिनीहरूमध्ये धेरैले कठोर परीक्षणहरूको सामना गर्छन् र सिद्धान्तहरू बन्छन्
Schrödinger को बिरालो अब क्वांटम जम्पको साथ बक्स बाहिर छ र प्रकृतिमा सर्छ
क्वान्टम कम्प्युटरको साथ, वैज्ञानिकहरूले भविष्यमा नयाँ सम्भावनाहरू अन्वेषण गर्नेछन्
मानव मस्तिष्क, मन, चेतनाको लागि वास्तविकता अझै पनि भ्रामक छ, यद्यपि हामी नयाँ संस्कृतिमा प्रवेश गर्यौं ।

पानी र अक्सिजनभन्दा परको जीवन

ब्रह्माण्ड सीमा भन्दा पर असीमित छ र अझै विस्तार हुँदै गइरहेको छ

तर कहिलेकाँही ब्रह्माण्डको बारेमा हाम्रो सोच प्रक्रिया, हामी आफैले सीमित गर्दैछौं

अनन्तमा कार्बन, अक्सिजन र हाइड्रोजन भन्दा बाहिर जीवन सम्भव छ

त्यहाँ चेतनाको साथ जीवन हुन सक्छ, जसले सीधा ताराहरूबाट ऊर्जा लिन सक्छ

जीवनको लागि अक्सिजन र पानी आवश्यक हुनुपर्दछ, अन्य आकाशगंगाहरूमा वास्तविकता नहुन सक्छ

हाम्रो ग्रह पृथ्वीमा अवस्थित जीवनको रूप एकान्त हुन सक्छ

तैपनि, उही प्रकारको जीवन अरबौं प्रकाश वर्षहरूको पनि राम्रो सम्भावना छ

विविधता जस्तै प्रकृतिको रूपमा, त्यसैले, अन्य ठाउँमा जीवनको विभिन्न रूप सम्भव छ

तर हाम्रो भौतिकी र जीवविज्ञानसँग, त्यो प्रकारको जीवन मिल्दो नहुन सक्छ

सम्भवतः अन्य ब्रह्माण्डमा जीवित प्राणीहरूद्वारा ऊर्जाको प्रत्यक्ष अवशोषण उचित छ

हामी अझै पनि गाढा ऊर्जाको बारेमा अन्धकारमा छौं र प्रकाशको सीमा भित्र सीमित छौं

यद्यपि टाढाका आकाशगंगाहरूमा विभिन्न प्रकारका जीवनका लागि, गाढा ऊर्जा उज्यालो हुन सक्छ

एकचोटि हामीले चाहेको गतिमा यात्रा गर्नको लागि प्रकाशको वेगको अवरोध पार गरेपछि

अन्य आकाशगंगाहरूमा एक्सोप्लानेटहरूको खोजी सरल र निष्पक्ष हुनेछ

त्यस समयसम्म विज्ञान न्यायसंगत हुनु हुँदैन र अन्य तहहरू लेख्नुपर्दैन ।

पानी र जमिन

हाम्रो ग्रह पृथ्वीको तीन चौथाई भाग पानीमुनि छ
केवल एक चौथाईमा, हामी होमो सेपियन्स बाँचिरहेका छौं
महासागर मुनिको संसार अझै पनि अन्वेषण गरिएको छैन
मानिसहरूले माटोको स्रोतहरू यसको असरभन्दा बाहिर शोषण गरिरहेका छन्
परमेश्वरलाई धन्यवाद, गहिरो समुद्रको अन्वेषण गर्न अझै गाह्रो छ

बाहिरी ठाउँ अन्वेषण गर्न थप सजिलो र सहज
त्यसकारण चन्द्रमामा पनि उपनिवेशहरू निर्माण गर्न, त्यहाँ दौड छ
यद्यपि सहारा मरुभूमि अझै पनि सभ्यता प्रस्तुत गर्न रहस्यमय छ
हामी चन्द्रमामा जमिन कब्जा गर्न र निर्माण सुरु गर्न बढी चिन्तित छौं
विश्वका अधिकांश जनसंख्या अझै पनि आवास समाधानविहीन छन्

बाहिरी ठाउँ र नजिकैका परमाणुहरू अन्वेषण गर्न आवश्यक छ
तर सबै मानिसहरूलाई बाँच्ने अवसर दिनु अनिवार्य छ
सभ्यताले आफ्नो प्रगति र समृद्धिको लागि सबैसँग प्रेमको साथ यात्रा सुरु गर्यो
यद्यपि, होमो सेपियन्स र अन्य बीचको सन्तुलनले निष्ठा गुमायो
मानव जातिको अस्तित्वको लागि, हामीले वातावरण र पारिस्थितिकीलाई इमानदारीका साथ सन्तुलित गर्नुपर्छ ।

भौतिकशास्त्रमा हार्मोनिक्स छ

कृषि पत्ता लागेको धेरै हजार वर्ष बितिसकेको छ

किसानहरूले अझै पनि आफ्नो जमिनमा धान र गहुँ खेती गर्छन्

पुरानो मछुवा माछा समात्न र बजारमा बेच्न समुद्रमा जान्छ

काउबॉय र काउगर्लले हजुरबुबाबाट सिकेको पुरानो धुन गाउँछन्

आर्टिफिसियल इन्टेलिजेन्स वा उनीहरूले सुनेको विदेशीको बारेमा चिन्तित छैन

सुदूर आकाशमा क्वान्टम उलझन वा एक्सोप्लानेट तिनीहरूको लागि महत्त्वपूर्ण छैन

बरु खडेरी र अनियमित जलवायु तिनीहरूको उत्पादनको लागि चिन्ताको विषय हो

रासायनिक मलको निरन्तर प्रयोगले माटोको उत्पादकत्व घटाएको छ

त्यहाँ अरबौं मानिसहरू छन्, जो अझै पनि वर्षाको पानीमा निर्भर छन्

खराब वर्षाले उनीहरूका बच्चाहरूलाई गरिबी र भोकमरीमा धकेल्न सक्छ

तैपनि विज्ञानले परमाणु र आकाशगंगाहरू अन्वेषण गर्न गहिरो र गहिरो कदम चालेको छ

विज्ञानले प्रकृतिलाई पछ्याइरहेको छ र अन्वेषण गरिरहेको छ, न कि प्रकृतिले विज्ञानको अन्वेषण गरिरहेको छ

भौतिकशास्त्रको नियम लेखेपछि ब्रह्माण्ड अस्तित्वमा आएन

गणितको ज्ञान आधारभूतको रूपमा आयो, र हामीलाई ग्रहहरूको गतिशीलता थाहा थियो

भौतिक विज्ञानको माध्यमबाट प्रकृतिको अन्वेषणमा हार्मोनिक्सको सबै सम्भावनाहरू छन् ।

प्रकृतिको डोमेनमा विज्ञान

हामीसँग प्रकृतिको व्याख्या गर्न भौतिकशास्त्रमा धेरै गणितीय समीकरणहरू छन्
अझै भविष्यमा मृत्युको मिति ठ्याक्कै गणना गर्न समीकरण छैन
केही मानिसहरू स्वस्थ जवान मर्छन्, र कोही बूढो नराम्ररी मर्छन्
कुनै समीकरणहरू छैनन्, परिणामहरू प्राप्त गर्न स्वतन्त्र इच्छा र समर्पित कार्यको साथ प्रयासहरू किन दायर गरियो

भूकम्पको ठ्याक्कै पूर्वानुमान गर्न समीकरणहरू पनि उपलब्ध छन्
प्राकृतिक प्रकोप र महामारीको पूर्वानुमान पनि सम्भावनाहरू हुन्
तर हामीलाई वैवाहिक अनुकूलता र दिगोपनको लागि सरल समीकरण चाहिन्छ
वैज्ञानिक भविष्यवाणीहरू त्रुटि बिना सय प्रतिशत सही हुनुपर्छ
अन्यथा कमजोर मानिसहरूमा, ज्योतिषीहरूले सधैं डर पैदा गर्नेछन्

विज्ञान हजारौं वर्ष पहिले लेखिएको धार्मिक पाठ जस्तो कालो बाकस होइन
धेरै वैज्ञानिकहरूले गरेको ब्ल्याक बक्स सिन्ड्रोमले आफ्नो अहंकार छोड्नुपर्छ
हरेक सम्भावना र सम्भावनाको अन्वेषण गर्नु पर्छ सत्यको खोजी हो
प्रमाण बिना अन्धविश्वासको रूपमा केही विश्वास र मूल्यहरू भन्नु अशिष्ट छ
प्रकृति र परमेश्वरको क्षेत्रमा विज्ञान सधैं राम्रो भोलिको र राम्रोको लागि हुन्छ ।

विकसित परिकल्पना र नियमहरू

भौतिकशास्त्रको परिकल्पना र नियमहरू, मेटाफिजिक्स समयको साथ विकसित हुँदैछ

बिग - बैंग भन्दा पहिले ब्रह्माण्डलाई शासन गर्ने विभिन्न नियमहरू हुन सक्छन्

तर हाम्रो लागि भौतिकशास्त्र र प्रकृतिको नियम समयको डोमेनमा मात्र आयो

समय भ्रम हुन सक्छ वा विगतबाट वर्तमानमा भविष्यमा सर्न सक्छ, पर्यवेक्षकको लागि महत्त्वपूर्ण

समयको डोमेन बिना, हामीसँग कहिल्यै कानून वा उद्देश्यको लागि कुनै अर्थ छैन

प्रविधिले होमो सेपियन्सको जीवनको राम्रो गुणस्तरको लागि विकासको साथ भौतिकशास्त्रलाई पछ्याउँछ

तर ग्रह पृथ्वीमा अन्य जीवित प्राणीहरूको लागि, भौतिकी र प्रविधि एलियन हुन्

महासागर वा समुद्रमुनि बस्ने तीन चौथाईलाई पनि भौतिकशास्त्रको ज्ञान छैन

तैपनि तिनीहरू कुनै पनि गणित नबुझी आराम र खुशीसाथ बाँचिरहेका छन्

तिनीहरूको यात्रा र जीवन पनि तथ्याङ्कहरूको हेरचाह नगरी समयको डोमेनमा मात्र छन्

हामी बुद्धिमान प्राणीहरूले प्रकृतिमा भएका सबै कुरालाई नियन्त्रण गरेका छौं

तर विकास र प्रगतिको प्रक्रियामा, प्रकृतिको लागि, हामीले वास्ता गरेनौं

ब्रह्माण्ड विज्ञान र प्राथमिक कणहरू जान्नु सबैको हिस्साको लागि पर्याप्त छैन

पारिस्थितिक सन्तुलन र अनुकूल वातावरण बिना, एक दिन मानव जीवन दुर्लभ हुनेछ

वैज्ञानिकहरूलाई विकासको प्रक्रियालाई आविष्कारसँग सन्तुलित गर्न दिनुहोस्, सबैका लागि जुन निष्पक्ष छ ।

लेखकको बारेमा

Devajit Bhuyan

देवजित भुयान, पेशाले इलेक्ट्रिकल इन्जिनियर र हृदयबाट कवि, अंग्रेजी र उनको मातृभाषा असमियामा कविता रचनामा निपुण छन् । उनी इन्स्टिच्युट अफ इन्जिनियर्स (भारत), एडमिनिस्ट्रेसन स्टाफ कलेज अफ इन्डिया (ASCI) का फेलो र आसामको सर्वोच्च साहित्यिक संगठन "असम साहित्य सभा" का आजीवन सदस्य, चिया, गैंडा र बिहूको भूमि हुन् । पछिल्लो २५ वर्षमा, उनले ४० भन्दा बढी भाषाहरूमा विभिन्न प्रकाशकहरूद्वारा प्रकाशित ११० भन्दा बढी पुस्तकहरू लेखेका छन् । उनका प्रकाशित पुस्तकहरू मध्ये लगभग ४० असमिया कविता पुस्तकहरू हुन् र ३० पुस्तकहरू अंग्रेजी कविता हुन् । देवजित भुयानको कविताले हाम्रो ग्रह पृथ्वीमा उपलब्ध र सूर्यमुनि देखिने सबै कुरालाई समेट्छ । उहाँले मानवदेखि जनावरहरूदेखि ताराहरूदेखि आकाशगंगाहरूदेखि महासागरहरूदेखि जंगलहरूदेखि मानवतासम्म युद्धदेखि प्रविधिदेखि मेसिनहरू र हरेक उपलब्ध सामग्री र अमूर्त चीजहरूमा कविता रचना गर्नुभएको छ ।

उहाँको बारेमा थप जान्न कृपया www.devajitbhuyan.com मा जानुहोस् वा उनको YouTube च्यानल @ *careergurudevajitbhuyan1986* हेर्नुहोस् ।

www.ingramcontent.com/pod-product-compliance
Lightning Source LLC
LaVergne TN
LVHW041659070526
838199LV00045B/1118
* 9 7 8 9 3 6 0 1 6 6 1 7 5 *